PIERRE SZALOWSKI

Photographe de presse, journaliste, graphiste, directeur de création dans la publicité, concepteur de logiciels éducatifs, producteur de jeux vidéos, vice-président d'Ubisoft, scénariste (*Ma fille, mon ange, Décharge*), réalisateur de documentaires, Pierre Szalowski est aujourd'hui écrivain, mais avant tout «bonheuraturge». Ce premier roman, Grand Prix de la Relève littéraire Archambault 2009, a été un best-seller traduit en plus d'une dizaine de langues aux quatre coins du monde.

LE FROID MODIFIE LA TRAJECTOIRE DES POISSONS

Un garçon de dix ans apprend que ses parents vont se séparer. Désespéré, il ne sait trop que faire avant de se tourner vers le ciel, à qui il demande tout bonnement de réconcilier ses parents et de sauver sa famille. Le ciel ne tarde pas à réagir, d'une bien drôle de façon d'ailleurs, en libérant sur le Québec la fameuse tempête de verglas, encore présente dans la mémoire de tous ceux et celles qui l'ont vécue.

Sur la rue de notre jeune héros commencent alors à se dérouler des choses bien improbables, comme autant de petits miracles : Julie la danseuse accueille chez elle Boris, le scientifique qui mène une expérience sur les poissons; Michel et Simon, les deux «frères» si discrets, ouvrent leur porte à Alexis, leur voisin homophobe.

Face à l'adversité, des liens se créent; face au froid, l'entraide, la solidarité et l'altruisme enflamment les cœurs. Un roman au ton simple mais jubilant, où l'humour ponctue chaque phrase. Un roman qui nous révèle une face cachée rafraîchissante de l'humanité. Un roman rempli d'espoir et de chaleur… sous une bonne couche de glace.

LE FROID MODIFIE LA TRAJECTOIRE DES POISSONS

Pierre Szalowski

Le froid modifie la trajectoire des poissons

BIBLIOTHÈQUE QUÉBÉCOISE

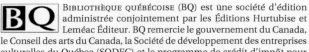

BIBLIOTHÈQUE QUÉBÉCOISE (BQ) est une société d'édition administrée conjointement par les Éditions Hurtubise et Leméac Éditeur. BQ remercie le gouvernement du Canada, le Conseil des arts du Canada, la Société de développement des entreprises culturelles du Québec (SODEC) et le programme de crédit d'impôt pour l'édition de livres du Québec (Gestion SODEC) du soutien accordé à son programme de publication.

Canadä

Conception graphique : Gianni Caccia
Typographie et montage : Luc Jacques typographe

ISBN 978-2-89406-342-2
Dépôt légal : 3ᵉ trimestre 2013
Bibliothèque et Archives nationales du Québec

Distribution/diffusion au Canada :
Distribution HMH

IMPRIMÉ AU CANADA

À Antoni, Tom, Sophie.
D'hier, d'aujourd'hui, de toujours.

Dans la vie, rien n'est à craindre,
tout est à comprendre.

Marie Curie

Nulle part et partout à Montréal

Jeudi 25 décembre 1997

Que ça passe vite, Noël

— ATTENDS ENCORE! Ton père dort.

Neuf heures dix-neuf au cadran. Je suis allé me rasseoir sur mon lit. Cela faisait deux heures que je ne dormais plus et que j'attendais dans ma chambre. C'est une tradition familiale. Chaque année, papa ordonne que je n'apparaisse qu'après le passage du père Noël. Pourtant, j'ai onze ans et ça fait cinq ans que je n'y crois plus!

Cinq ans, c'est un secret; pour mes parents, c'est quatre.

J'avais six ans et demi, quand Alex, mon seul ami, m'avait appris tout sourire la triste nouvelle. Je m'étais senti d'un coup basculer dans un monde où tout s'expliquait. Pour oublier ma déception, à l'école, j'avais fait la même chose qu'Alex. J'ai pris plaisir à convaincre les plus petits que le père Noël n'était qu'une invention des parents. Chez moi, j'essayais par quelques remarques de faire comprendre à papa et maman qu'il serait temps d'arrêter de me dire que si je n'étais pas sage, le père Noël ne m'apporterait rien. Mais quand j'ai vu le regard paniqué que ma mère a lancé à mon père, j'ai renoncé. Je ne voulais pas leur faire de peine. Des fois, il faut mentir à ses parents pour leur faire plaisir.

— Il est trop fort, ce père Noël, parce que normalement ça ne passe pas dans une cheminée, une voiture électrique d'un mètre de long!

Au mois d'août suivant, dans notre chalet, alors que je pêchais avec mon père, j'ai longuement fixé l'eau.

— Je ne crois plus au père Noël!

Il s'est tourné vers moi, j'ai fait pareil. Il m'a dévisagé un instant avec un petit sourire fataliste, puis il a remis un appât sur ma canne à pêche.

— C'est la vie.

Papa ne fait jamais de grandes phrases. Maman dit que c'est un homme de peu de mots. Il avait lâché ça comme s'il savait que je finirais par le découvrir, mais que ça ne devait pas venir de lui. Il n'a pas cherché à savoir qui me l'avait appris, un réflexe de policier, enfin... d'ancien policier. Il était instructeur pour les recrues de la police. Le médecin, qui en avait vu passer des courageux, lui avait diagnostiqué un léger *burnout*.

— Oh là là! Je ne comprends pas ce qui te stresse à mettre des tickets aux bourgeoises de la rue Laurier! Et puis, ne te culpabilise pas, c'est leurs maris qui paient!

Maman, elle dit que la pression, c'est intérieur. On est seul à savoir pourquoi on se la met puisqu'on se la met tout seul. Mon père avait quand même continué à me raconter le soir des histoires de gentils policiers qui arrêtaient de méchants motards. Puis un soir, il y a deux ans, il a arrêté. À la grande détresse de ma mère, chaque année, à la mi-janvier, il envoyait sa lettre pour motiver son refus de retourner patrouiller.

— Je n'ai plus le goût, pis je suis payé pareil!

Après la pêche, quand on était revenus au chalet, il avait chuchoté à l'oreille de ma mère. Elle avait juste pincé ses lèvres. À ses yeux, j'étais encore un enfant, mais juste un peu moins. Pourtant, dans sa classe de primaire, elle en avait vu des élèves passer l'étape de cette cruelle révélation.

— Pourquoi tu pleures, mon petit?

— Mon père, il m'a crié après parce que j'ai brisé mon cadeau de Noël, et lui, il a pas fini de payer le crédit!

Mais là, devant elle, dans notre chalet, c'était son propre enfant. Quelque chose venait de se terminer pour toujours. Je suis fils unique. Plus jamais, avec mon père, elle n'a pu rejouer au père Noël. Ça, je l'ai bien compris, Noël c'est autant le plaisir des parents que celui des enfants.

Neuf heures vingt-neuf. Hier soir, le repas a duré longtemps. On était six autour de la table, moi, mes parents et Julien, le meilleur ami de mon père. Il était accompagné d'Alexandrie et d'Alexandra, ses deux jumelles insupportables. Elles ont crié tout le temps et comme elles ont la même face, j'avais l'impression que c'était toujours la même. Ma mère, ça l'avait énervée encore plus que moi.

— Alexandrie! Alexandra!

Puis là, elles s'étaient prises par le bras et avaient chanté en dansant.

— *Les sirènes du port d'Alexandrie*
chantent encore la même mélodie… wow wow…

— Julien, tu n'aurais pas pu les appeler autrement les sœurs jumelles?

— Mouais, mais il aurait fallu que je rencontre leur mère ailleurs que dans une soirée Claude François… Pis, il faut que je te dise autre chose…

Chaque année, Julien nous expliquait qu'il ne fallait pas dire «sœurs jumelles», mais «jumelles», car une jumelle est obligatoirement la sœur d'une autre sœur, c'est l'effet miroir.

— Dis? C'est laquelle, la plus belle des deux?

J'arrivais jamais à savoir laquelle des deux pestes me posait la question. Normal, elles sont jumelles «exactes», donc parfaitement identiques, l'une ou l'autre, c'est du pareil au même. La seule bonne nouvelle, c'est que Julien est divorcé.

— Je n'ai jamais trompé ma femme, je me suis juste trompé de femme!

Ainsi, Alexandrie et Alexandra ne chantaient la même mélodie qu'une année sur deux. Je n'ai jamais compris pourquoi ils ne s'étaient pas partagé les jumelles avec son ex-femme. Comme ils ont deux fois la même, ils auraient pu en prendre chacun une. Mais il paraît que les jumeaux ne peuvent pas vivre l'un sans l'autre. C'est comme les parents, enfin les miens.

Je ne devrais pas le savoir, mais les jumelles auraient pu être mes sœurs. Julien était le fiancé de ma mère quand ils étaient tous les deux étudiants en éducation. Puis il a fait la bêtise de lui présenter mon père au sommet de sa forme, uniforme moulant les abdos, épaules plus larges que le ventre. Il venait d'entrer dans la police. Un coup de foudre, elle a dit. Papa a dit pareil. Julien, lui, il a tenté de joindre l'utile au désagréable.

— Salut Anne, Salut Martin... Je ne vais pas vous déranger plus longtemps... Ne bougez pas, j'éteins la lumière!

Quand les jumelles se sont finalement effondrées sur le divan du salon, ma mère est venue m'embrasser.

— Il est l'heure de se coucher...

— Mais maman, c'est Noël...

— Plus vite tu te couches, plus vite tu auras tes cadeaux demain!

En marchant vers ma chambre, j'ai vu mon père et Julien ouvrir une autre bouteille. Ma mère n'était plus là. Ils avaient l'air sérieux puisque, lorsque je suis passé en les saluant de la main, aucun n'a souri. Ils avaient même l'air triste en me regardant. Ils ont dû boire une autre bouteille après puisque, lorsque je me suis réveillé dans la nuit pour aller faire pipi, ils chuchotaient toujours dans le salon.

— Les femmes tombent en amour parce qu'elles te trouvent différent. Ensuite, elles font tout pour que tu deviennes pareil…

Neuf heures trente-neuf. Toc! Toc! Toc! Ma mère a ouvert la porte de ma chambre. Elle a passé la tête sans sourire.

— Ton père est réveillé…

Je n'ai pas sauté du lit comme je le fais tous les matins de Noël. Dans la voix de ma mère, il y avait de la tristesse. Sur le moment, je n'ai pas remarqué qu'elle avait dit «ton père» au lieu de «papa». C'est juste sa tristesse qui m'a frappé.

En sortant de ma chambre, j'ai vu dans la cuisine que mon père et Julien n'avaient pas bu une bouteille de plus, mais deux. Dans le salon, papa m'attendait, affalé dans son fauteuil face à la télévision qui n'était pas allumée, le grand break du matin de Noël. Il m'a difficilement souri en se frottant la tête. Je me suis demandé s'il n'y avait pas d'autres bouteilles vides cachées sur le balcon.

Noël, c'est une fois par an, mais on n'oublie jamais nos petites habitudes. Ça m'a étonné que mes parents ne soient pas ensemble. Ma mère n'était pas assise sur l'accoudoir du fauteuil réservé à mon père, mais sur le divan plus loin. Ils faisaient deux.

On a beau avoir onze ans, c'est toujours le plus gros cadeau qu'on ouvre en premier sous le sapin. J'ai tout de suite compris que c'était une idée de maman, cette boîte de chimie. Elle m'a toujours acheté des jouets éducatifs. Pour elle, un cadeau, ça doit être utile. J'ai un an d'avance à l'école puisqu'elle m'a appris à lire à l'âge de quatre ans. J'étais la vedette de la garderie. Aujourd'hui, je suis le bollé qui fait une tête de moins que les autres.

Il me restait à ouvrir trois cadeaux de taille presque identique. Dans ce cas-là, c'est toujours le plus lourd qu'on ouvre. Mon père m'a fixé, soudain trop complice.

— Ça, c'est la petite surprise à papa...

J'ai fait semblant de ne pas voir le regard noir que venait de lui jeter maman. J'ai déchiré le papier cadeau et mes yeux se sont grands ouverts! J'en revenais pas. Un caméscope! Je me suis tourné vers mon père. J'ai juste murmuré.

— Wow! p'pa...

Il s'est calé dans son fauteuil, satisfait. Ma mère a serré ses mâchoires. Je ne pouvais pas la laisser triste.

— Merci, maman aussi! Merci, vous deux... Merci, père Noël!

Elle a souri, forcée. Le caméscope, ce n'était vraiment pas son idée. J'ai rapidement ouvert les deux autres cadeaux, une boîte de Lego, une autre idée de ma mère pour développer ma motricité fine. J'ai tellement été développé de ce côté-là que je suis capable de démonter une montre avec des gants de hockey.

Le dernier paquet, c'était un radio-réveil en forme de ballon de football. Ça, c'était Julien à qui j'avais dit l'année dernière que j'étais tanné des cadeaux ayant rapport au baseball.

— Pourtant, elle te va bien cette robe de chambre des Yankees!

Je pense qu'il aurait voulu avoir un garçon. Je ne dis pas deux, mais au moins un sur les deux. Acheter des poupées Barbie, toujours en double, cela doit frustrer le meilleur des pères. Alors, c'est sur moi qu'il se défoulait.

— Un réveil, c'est déjà plus pratique qu'une robe de chambre...

— N'oublie jamais que ce n'est pas le cadeau qui compte, mais le geste...

J'ai bien vu que ma mère ne s'adressait pas vraiment à moi, mais à mon père. Je suis revenu à la boîte du caméscope. Je me suis assis par terre en leur tournant le dos. Je sentais qu'ils n'étaient pas d'accord, mais avec un si beau jouet dans les mains, cela n'était plus mon problème. J'ai sorti la notice technique. Mes parents chuchotaient. En faisant semblant de lire, j'ai tout entendu. J'ai fait exprès. Je ne savais pas que ma mère était capable de sacrer.

— Ciboire! Une caméra à mille piastres! Tu ne vas pas commencer à jouer ce jeu-là!

— Il en veut une depuis longtemps et tu as vu le bulletin qu'il nous a ramené?

— Il a toujours de bons bulletins!

— Ce n'est pas toi qui dis qu'il faut l'encourager?

— Si tu lui achètes une caméra à onze ans, tu vas l'encourager comment, à seize? Une voiture?

Ma mère s'est levée et a quitté la pièce. De les entendre se disputer parce que mon cadeau était trop cher m'a fait regretter de ne plus croire au père Noël. Surtout que cette année, j'avais déjà assisté à beaucoup trop de disputes. Elles débutaient presque toujours par la même phrase.

— Tu n'as pas l'impression de perdre ton temps dans la vie, à rester planté devant ta télé?

Je me suis tourné vers mon père. Il a souri difficilement. Puis il s'est levé lentement. Non, très lentement.

— Oh! ma tête!

Il a marché jusqu'à la salle de bain. Il a voulu ouvrir la porte. Elle était barrée. Toc! Toc! Toc!

— Occupé!

Mon père a mis ses mains sur ses oreilles tellement ma mère avait crié fort. Il est revenu et a glissé dans son fauteuil pour l'épouser de tout son corps. Comme un robot, il a attrapé la télécommande. Clic! Et le bla-bla-bla a commencé à la télévision.

Au canal des nouvelles, il était neuf heures cinquante-neuf.

Que ça passe vite, Noël.

Dimanche 4 janvier 1998

C'est des enfants!

Seules trois petites ampoules d'une toute petite guirlande clignotaient sur le tout petit sapin installé sur une table basse, à côté de deux verres vides et d'une bouteille de vin qui avait rendu l'âme. Sur le divan, deux chats enroulés l'un dans l'autre dormaient sur une chemise jaune en boule dont les boutons du bas étaient encore attachés. Au sol, un pantalon d'homme en tire-bouchon, à l'évidence enlevé d'urgence. Sur le dossier du divan, une robe rouge, courte, pliée avec soin.

Plus loin, la porte de la chambre à coucher était entrouverte. Dans le lit défait, on pouvait apercevoir deux corps en plein sommeil. Au radio-réveil de la chambre, il était quatorze heures.

— Psst! Psst! Allez, viens!

Dans la cuisine, face à un petit vasistas aménagé au bas de la porte donnant sur le balcon, un chaton noir hésitait.

— Minou! Minou! Minou!

La petite bête a fait un pas en avant et s'est penchée pour passer la tête dans le vasistas. Une main provenant de l'extérieur du balcon du rez-de-chaussée l'invitait à s'approcher en faisant rouler de droite à gauche, dans la neige, une petite balle rouge.

— Elle est pour qui, la balle?

Le chaton a semblé se demander si elle ne pourrait pas être pour lui. Il s'est tapi un moment. Réflexion faite, elle était bien pour lui! Il a sauté d'un coup vers la balle. Une main l'a saisi au collet. Elle n'était pas pour lui.

— Miaou!

Sur le divan, sourds aux cris de détresse de leur congénère kidnappé, aucun des deux chats n'avait bougé. Les trois petites lumières du sapin continuaient de clignoter. Sur le lit de la chambre, l'un des corps s'est détourné de l'autre. Le bras d'un homme, musclé, est sorti des draps pour pendre le long du lit. Dans son mouvement, il a frappé le dos de la femme. Elle a marmonné, puis le silence est revenu.

Dring! Dring! Dring!

L'homme a sursauté et s'est dressé d'un bond. Il a regardé autour de lui. Paniqué, il s'est tourné vers la porte d'entrée.

— Julie! Réveille-toi!

— Je dors…

— On a sonné à la porte!

— T'as rêvé… Dors!

Dring! Dring! Dring!

L'homme, nerveux, a couru à son pantalon dans lequel il s'est glissé encore plus rapidement qu'il avait dû l'enlever la veille. Il s'est penché sur le divan et a tiré brusquement sur sa chemise jaune. Les deux chats ont volé un instant dans les airs et sont retombés sur leurs pattes. L'homme a enfilé sa chemise pour aller secouer Julie.

— Qui peut savoir que je suis là?

Julie a relevé la tête, à peine surprise.

— Personne, à part moi, les chats et toi…

L'homme, après l'avoir dévisagée, s'est tourné, inquiet, vers les deux chats qui ronronnaient d'innocence. Un homme, après l'amour, est souvent bien plus idiot qu'il ne l'était avant. Julie a repoussé le drap et s'est levée. Son corps était absolument parfait. Elle s'est rendue à la salle de bain sans un regard pour celui qui remettait sa chemise dans son pantalon.

— T'es marié, hein?

L'homme a fait mine de ne pas avoir entendu pour mieux se consacrer à fermer sa braguette. Julie, vêtue d'une courte robe de chambre rouge, imitation soie, a réapparu.

— Mon Luc… C'est ça, t'es bien Luc? T'es quand même pas mal bon. Hier soir, t'étais célibataire, pis rien qu'en baisant avec moi, t'arrives à être marié le matin.

Julie, fataliste, a replacé les pans de sa robe de chambre afin de couvrir sa poitrine. D'un nœud vite fait, elle a serré la fine ceinture autour de sa taille pour mieux refermer le léger vêtement.

Dring! Dring! Dring!

— Est-ce qu'elle a un permis de port d'arme, ta femme?

Une nouvelle fois, l'abruti a semblé réfléchir. Dans le couloir, Julie est montée sur une paire de chaussons à talons hauts. Soudain plus grande, elle semblait encore plus fine, encore plus belle, encore plus parfaite. De sa démarche émanait l'habitude de marcher si haut perchée. Ses fesses ondulaient sous la toile fine. L'homme, inquiet, s'est caché derrière ce qu'il a trouvé, un portemanteau. Il a suivi des yeux la belle, qu'il avait aimée un soir, se diriger vers l'entrée, mais ses fesses, il ne les regardait plus. Arrivée à la porte, Julie s'est plantée sur ses deux jambes. Elle a ouvert, sans peur, sans vouloir se faire de reproche.

— Miaou!

Dans les bras d'un enfant d'une douzaine d'années, le chaton. Juchée sur ses talons, Julie semblait démesurément grande; la tête de l'enfant n'atteignait que ses seins. Voyant son chat dans les bras du jeune voisin, Julie s'est penchée en avant. Sa fine robe de chambre s'est alors légèrement entrouverte.

— Brutus! Qu'est-ce que tu fais encore dehors?

L'enfant a, de suite, rivé ses yeux sur la poitrine à demi découverte de Julie.

— Il s'est encore échappé!

— Ça fait trois fois cette semaine...

Julie, avec ce regard entendu des femmes qui connaissent les hommes qui regardent les femmes, a vite compris le petit jeu de son sauveur providentiel. Elle s'est penchée encore et a tendu les bras pour attraper le petit chat. La robe de chambre s'est ouverte encore un peu plus. L'enfant ne bougeait plus. Un sein de Julie apparaissait maintenant presque au complet.

— Il va prendre froid...

L'enfant, subjugué par ce téton qui durcissait, ne bougeait pas.

— Alex, je parle du chat... C'est bien Alex, toi?

— Oui, Julie...

Elle s'est penchée plus bas pour saisir Brutus. Alex ne semblait plus vouloir lâcher le chaton, en arrêt face à cette paire de seins qui flottaient à l'air, presque à toucher son visage.

— Alex? Y a pas que le chat qui va finir par être malade...

— Miaou!

Alex s'est résigné à lâcher Brutus qui s'est lové tout de suite contre la poitrine, certainement bien plus chaude, de sa maîtresse.

— Merci, Alex.

— S'il s'enfuit à nouveau, je te le ramènerai...

Julie, amusée, si douce, a dévisagé un instant le jeune garçon dont elle appréciait finalement l'audace.

— Je n'en doute pas une seconde !

Clac ! La porte s'est refermée. Alex, fier comme un pré-ado, s'est tourné vers l'autre côté de la rue. Il a levé le pouce en guise de satisfaction, de mission accomplie, de victoire. Curieux, il s'est approché de la vitre de la porte de Julie pour mieux voir disparaître ses fesses dans le couloir. Soudain, il a reculé pour dévaler les escaliers. Il venait d'apercevoir l'homme.

— C'était qui ?

— Un petit voisin qui m'a ramené Brutus... Enfin, je suis certaine qu'il est surtout venu aux vues !

— Hein ?

— Il a pas arrêté de me regarder les boules, si tu préfères.

— C'est vrai qu'il y a de quoi regarder !

Le crétin avait retrouvé toute sa superbe. Un gars, en fonction de ce qu'il attend d'une femme, peut ne jamais être le même. La veille au soir, il avait joué *La Grande Séduction*, ce matin *Un homme et son péché* et là, *Mémoires affectives*.

— Est-ce qu'il a payé, lui, pour regarder ?

Julie n'a pas eu un regard noir. Il était noir très foncé. Plus noir que noir.

— T'as payé pour cette nuit ? Ça t'a coûté trois danses, une bouteille de vin chez Couche-Tard et deux heures de menteries.

Ramener une danseuse chez elle et parvenir à se glisser dans son lit, c'est le Graal de tout un peuple, le summum du poker menteur. Mais l'important, au terme de la partie, est d'avoir un mot anodin, qui détend l'atmosphère, au moment où l'on quitte la table, après l'avoir lavée.

— S'tie qu'ils commencent tôt de nos jours!

— Décrisse! C'est des enfants!

Le froid modifie la trajectoire
des poissons

QUATRE POISSONS EXOTIQUES, éclairés par une lumière blanche de néons, évoluaient dans un énorme aquarium placé au beau milieu de la pièce. Une planche, posée sur deux chevalets, pliait sous le poids de livres traitant de mathématiques pures. Des feuilles, gribouillées d'équations et de ténébreux calculs, les recouvraient. D'autres jonchaient le sol, parfois chiffonnées. Dans un coin, il y avait un sac de sport à l'effigie des Foreurs de Val-d'Or. Trois bâtons de hockey étaient posés dessus. Des bâtons de gaucher à la palette très courbée, celle d'un attaquant, de toute évidence.

De l'autre côté de la rue, une porte s'est ouverte. Sur le palier de l'appartement du rez-de-chaussée, Julie est apparue, toujours vêtue de sa robe de chambre si courte. Dans le bac bleu, elle a lancé, dédaigneuse, la bouteille de vin vide qui s'est brisée net. L'homme est sorti rapidement, en regardant à droite et à gauche. Il a fait un petit signe de la main que Julie ne lui a pas rendu. Elle a violemment claqué la porte. Son histoire d'amour était finie.

Boris Bogdanov a interrompu sa lecture d'un livre d'Andreï Markov, pas le joueur de hockey, le grand mathématicien russe. Derrière sa fenêtre, il avait tout vu. Boris Bogdanov a pris un petit sourire énigmatique, comme s'il savait quelque chose que sa voisine ignorait.

Boris Bogdanov était-il amoureux de la voisine?

Niet! Boris Bogdanov n'a jamais été amoureux, car depuis toujours, seuls sa propre personne et ses poissons l'ont intéressé. Arrivé de Russie en 1990 à l'âge de dix-huit ans, il avait rêvé qu'il pourrait changer sa vie sur la glace des arénas du Québec. Il a eu sa chance en participant au camp de début de saison des Foreurs de Val-d'Or dans la Ligue junior majeur. Les recruteurs pensaient avoir trouvé en ce jeune Russe la perle rare, celle qui avait échappé aux autres clubs. Ils n'avaient pas été déçus.

Les connaisseurs savent que les Russes n'aiment pas le jeu dur mais sont très talentueux, des marqueurs naturels. Boris Bogdanov avait un peu menti aux recruteurs sur son passé de joueur au club-école du Dynamo de Moscou, pas de beaucoup, à peine deux dizaines de buts par an.

— Dont la moitié en désavantage numérique!

Tout le monde avait vite vu, au premier jour du camp, lors du match interéquipe des recrues, qu'il n'était pas un vrai joueur russe pour le talent, mais un vrai joueur russe quant au jeu rude. À sa première présence, en désavantage numérique, Boris a vite remarqué un gros bœuf de l'Alberta qui voulait faire sa place au soleil. Le jeu dur, pour cette montagne de muscles, c'était son pain quotidien, son sésame dans la vie, la seule expression corporelle dont il était capable. Alors le colosse a fait comme les grands prédateurs. Lui, le bleu, a cherché dans la meute des rouges la proie la plus faible. C'est toujours la gazelle la plus rapide qui échappe au lion. Pour les plus lentes, c'est chacune pour soi. Pour la plus lente parmi les lentes, c'est amen.

Boris Bogdanov n'a jamais pensé à jouer la rondelle lorsqu'elle s'est retrouvée dans le coin. Il a juste cherché à s'échapper de l'énorme Albertain qui le poursuivait. Il l'a soudain entendu grogner. Boris n'avait pas le coup de patin promis. Il n'a pas pu aller bien loin et ça a fait un grand boum!

L'épaule droite de Boris Bogdanov, qu'il n'avait pas si grosse, s'est disloquée contre la bande. En tout et pour tout, il n'avait joué que quarante-cinq secondes dans la Ligue junior majeur du Québec, dont trente-deux à tenter de fuir. À Val-d'Or, on aime les durs, les vrais, mais on n'aime surtout pas se faire jouer des tours.

— Ne compte pas sur nous pour te payer ton billet de retour!

Le préposé à l'équipement lui a quand même laissé la poche de hockey aux couleurs du club.

— Ça te fera un souvenir pour tes enfants!

Ce n'est pas parce qu'on a menti qu'on est un con. La preuve, Boris Bogdanov est un intellectuel. Mais c'est très intellectuel de prendre les autres pour des cons.

Si Boris avait un défaut, c'était bien celui-là. Il avait toujours le petit sourire de celui qui sait quelque chose que les autres ignorent. Il était un étudiant très brillant et il le savait. Les Russes ne forment pas que des joueurs de hockey peureux. Ils ont aussi de grands mathématiciens.

Boris Bogdanov s'était pris de passion pour la topologie, enfin, pour une de ses disciplines. La théorie des nœuds est une science mathématique complexe qui permet d'expliquer des choses très simples de la vie. Lorsque l'on tire sur un fil d'une pelote de laine emmêlée, parfois elle se dénoue d'un coup, parfois le nœud devient plus gros encore. C'est comme la vie, des petits gestes peuvent entraîner de grandes choses. Et des fois le même geste n'aura pas le même effet.

Les poissons exotiques de Boris Bogdanov lui permettaient de réfléchir à sa nouvelle théorie. Un poisson dans un aquarium a toujours le même parcours, sa ficelle à lui. Il la déroule en fonction de la présence des autres poissons, amis ou ennemis, dans l'aquarium. Il doit également modifier son chemin rituel à l'arrivée de tout nouveau locataire. Pour Boris, ces itinéraires formaient autant de ficelles qui se nouent et se dénouent.

— On ne choisit pas son chemin, les autres le font pour nous.

Sa thèse de doctorat était là, devant lui, dans une eau maintenue à trente-deux degrés. C'était vital. Il en allait de sa survie universitaire qu'elle reste à la même température. En cas de baisse, certains poissons pourraient modifier leur chemin, brisant ainsi toute la théorie soutenue dans sa thèse.

Ses travaux n'avaient pas laissé indifférent le président de la Société mathématique du Canada, basée à Calgary, en Alberta, où il fait si froid.

— Venez nous voir quand vous aurez fini avec vos poissons, ça va nous changer des mathématiques thermiques!

À travers la fenêtre, Boris Bogdanov a vu ses deux jeunes voisins s'asseoir sur les marches de l'entrée de l'immeuble mitoyen à celui de Julie. L'un d'eux tenait un caméscope. Ils avaient les yeux rivés sur le petit écran de contrôle. Boris s'est détourné, a quitté la fenêtre, posé son livre sur son bureau en bordel et a machinalement caressé du doigt la paroi de l'aquarium. Rien qu'au toucher, il savait que l'eau était à la bonne température.

Le froid modifie la trajectoire des poissons.

À ce moment-là, j'ai compris

— TROP BON! Comment on rembobine?

— Laisse faire, tu vas briser mon caméscope!

— Laisse faire… Tu vas briser mon caméscope…

— J'ai pas le goût de me faire chicaner.

— Pas le goût de me faire chicaner… Tiens! Reprends-le, ton caméscope!

Alex, il est comme son père, il s'énerve toujours pour rien. Je ne lui en veux pas. Ça ne doit pas être facile de vivre avec un seul parent. Quand il était petit, Alex disait que sa mère allait revenir. Maintenant, il n'en parle jamais. Quand on a un ami qui n'a pas de maman, c'est un sujet qu'on évite. Ce n'est pas toujours facile, car, entre enfants, on parle souvent de nos parents. Le plus dur à passer, c'est le jour de la fête des Mères. J'évite Alex, je ne saurais pas quoi lui dire. Il est facile à éviter, il ne sort pas. Personne ne sait vraiment s'il a des nouvelles de sa mère puisque personne ne lui en demande.

— Pourquoi t'as pas zoomé? On voit pas comment le bout il est devenu gros de même!

J'ai regardé l'écart entre son pouce et son index. Cinq centimètres de long! Il n'y avait que lui pour essayer de faire croire que cela pouvait exister. Dans ces cas-là, il ne faut pas lutter. Alex a toujours raison. Tu as beau essayer de lui démontrer qu'il a tort, il t'explique qu'il a raison. À l'école, ça lui rend la vie très difficile, surtout avec les professeurs. L'autre raison de ne pas lutter contre lui, c'est qu'il fait une tête de plus que moi, même si je n'ai qu'un an de moins. Il sait qu'il peut me casser la figure facilement. Je suis d'accord avec lui. C'est la certitude du plus fort et du plus faible qui finissent par s'entendre. Alex se bat au moins une fois par semaine. C'est un principe.

— Ça garde en forme et c'est bon pour la réputation!

J'avoue que je l'aime bien, la réputation d'Alex. Comme toute l'école sait que je suis son meilleur ami, personne ne m'achale. Avec lui, les débats sont toujours ramenés à l'essentiel.

— Tu frappes d'abord, tu réfléchis ensuite!

Si, à l'école, tout le monde l'a déjà vu frapper, personne ne l'a vu réfléchir. Dans les couloirs de l'école, on dit qu'il est fou. Il en est fier. Moi, je le connais bien. Il n'est pas fou, il n'est pas fier, c'est une armure. Les enfants sont cruels entre eux. Il doit juste se montrer plus cruel. Mort à celui qui se moque de lui parce qu'il n'a pas de mère. Il a parfois de bonnes notes en classe. Normal, quand il le peut, il copie sur moi.

C'est lui qui a eu l'idée que je me cache derrière une voiture pour le filmer quand il irait rendre le chat à la voisine. C'est la troisième fois que l'on s'y reprenait. Il n'était jamais content du résultat.

— Pourquoi t'as pas zoomé sur ses boules?

Deux jours avant, il avait dit que je n'avais pas le bon angle. Quatre jours avant, la voisine était sortie habillée. La difficulté était de savoir à quelle heure elle porte sa robe de chambre. Elle n'a pas une vie normale. Elle ne se lève jamais à la même heure, puis on ne la voit jamais rentrer. L'été, c'est cool, elle reste longtemps en robe de chambre et souvent elle se fait bronzer sur son balcon à l'arrière. Même mon père, il le sait. Je l'ai déjà vu la regarder. Alex m'a tapé amicalement l'épaule.

— J'ai hâte d'être à demain!

Il a relevé la tête, satisfait de l'effet à venir. On a regardé la rue. Le vieux monsieur d'à côté de chez nous est sorti avec son petit chien. Il habite avec un autre monsieur qui lui ressemble, les cheveux blancs très courts avec une moustache très longue.

— Mon père, il les aime pas.

— Il les connaît?

— Non.

— Alors pourquoi il les aime pas?

— Parce qu'il est comme ça.

— C'est deux frères.

— Comment tu sais ça?

— C'est mon père qui me l'a dit.

— Il les a déjà arrêtés?

— Ça fait longtemps qu'il arrête plus personne, mon père...

Alex ne m'a même pas regardé. C'est l'avantage d'un enfant qui n'a pas de maman. Il ne veut pas qu'on lui pose de question, alors, il n'en pose pas. Le vieux monsieur a disparu au coin de la rue. La nuit commençait à tomber.

— Allez, refais-moi voir!

J'ai rembobiné. On a revu Julie ouvrir la porte. Quand elle se penchait, c'était incroyable comme on voyait bien son sein. Alex, lui, c'est les bouts qui lui plaisaient.

— Pourquoi t'as pas zoomé?

Si je n'avais pas zoomé, c'est que je préférais voir les seins en entier.

— Pas encore à la maison?

Même Alex a fait un bond en arrière quand il a vu mon père qui se tenait face à nous. Je ne pensais pas que je pouvais l'éteindre si vite, mon nouveau caméscope.

— Qu'est-ce que vous avez filmé de beau?

On n'a pas bougé. Alex s'est tourné vers moi, j'étais d'accord avec lui, il ne fallait rien dire. Au bout d'un moment, mon père a compris qu'il n'y aurait rien à voir. Il s'est tourné vers notre appartement.

— Maman est rentrée?

— Non, p'pa, je l'ai pas vue.

Il a regardé autour de lui, soucieux. Il s'est frotté le menton. Ça se voyait qu'il se demandait où elle pouvait être. Puis il a fait un pas vers notre porte. Il avait l'air triste.

— Ne traîne pas trop, le sapin nous attend...

— J'arrive, p'pa!

Je me suis levé et je me suis retourné vers Alex.

— À demain!

Il a regardé mon caméscope. J'ai lu sur ses lèvres.

— L'oublie pas demain...

Je lui ai fait un clin d'œil et j'ai suivi mon père. Je n'ai pas quitté Alex uniquement parce que papa avait l'air triste. La vérité, c'est que j'adore brûler le sapin. Petit, je le regardais faire. Il a attendu mes huit ans pour me laisser mettre les branches dans les flammes. Elles s'embrasent si vite que c'est vrai que c'est dangereux. C'est tellement beau quand la flamme entoure soudain les épines sèches. Mais le plus agréable, c'est le bruit. Je ne me lasse pas d'entendre le brusque crépitement.

Une fois le sapin brûlé et les décorations rangées à la cave, ma mère nous sert la galette des Rois. C'est elle qui a implanté cette tradition dans la famille. Elle l'a découverte lors d'un voyage en France où, plus jeune, elle était allée étudier. Aujourd'hui, elle fait les meilleures galettes des Rois au monde. J'adore sa pâte d'amandes. Elle en met beaucoup parce qu'elle sait que je l'adore. Dans la galette, il y a aussi la fève. Celui qui l'a est roi ou reine. Quand t'es roi, tu choisis ta reine et si t'es reine, tu choisis ton roi. Donc, chaque année, ma mère était la reine.

— Elle est où, maman?

— Chez des amis...

— Tu n'y vas pas, toi?

— Non, c'est des amis à elle...

— Qu'est-ce qu'elle fait?

— Elle avait des affaires à régler... Elle ne va pas tarder.

Ma mère avait des affaires à régler le jour de la galette des Rois et la veille de la rentrée des classes! Je n'y ai pas cru une seconde. Je savais que mon père mentait. La situation n'était pas normale. Il a remarqué que je réfléchissais. J'ai senti son bras m'enlacer et sa main se poser sur mon épaule. On est restés comme ça un moment. À tour de rôle, on mettait une branche de sapin dans la cheminée.

— On n'est pas bien tous les deux?

— Papa? Je peux amener mon caméscope à l'école demain?

— Le meilleur endroit pour te le faire voler. Pas question!

Il a regardé sa montre tout en pressant son autre main plus fort sur mon épaule. Il était inquiet.

Clac!

Ma mère venait enfin de rentrer. Elle était essouf-flée. Mon père s'est relevé comme s'il avait été pris en faute de m'avoir enlacé. Elle avait dans sa main une boîte en carton blanc, toute plate.

— J'avais plus le temps de faire la galette. J'en ai acheté une chez Première Moisson, c'est les meilleures en ville. Sens!

Je me suis penché et j'ai senti la boîte. J'aurais dû dire quelque chose comme…

— Maman, les meilleures en ville, c'est les tiennes!

Mais je lui en voulais de ne pas l'avoir préparée.

— C'est vrai qu'elle sent vraiment bon!

Elle a semblé un instant déçue. Elle a senti le carton.

— Bon! Je vais la réchauffer!

Mon père l'a suivie dans la cuisine. Je suis resté devant la cheminée. Il y a toujours des brindilles de sapin qui arrivent à rester vertes, à échapper aux flammes. Une à une, je les ai collées contre la braise, sans pitié, pour qu'aucune ne survive.

— Je n'ai vraiment pas le goût de faire la reine, ce soir!

— Ce n'est pas pour nous, c'est pour lui.

Décidément, mes parents n'étaient plus capables de parler doucement! J'entendais tout.

— Tu as raison.

— Et ton appartement?

— Ça ne marche pas!

— Comment ça, ça ne marche pas?

— Ils le gardent encore un mois. Les travaux de leur nouvelle maison ne sont pas terminés.

— Tu vas aller où?

— J'ai pensé au chalet…

— Mais comment tu vas faire pour aller travailler ?

— Je pensais que c'est toi qui pourrais y aller... Juste pour le premier mois...

À ce moment-là, j'ai compris.

Ils s'aiment

Il faisait déjà nuit depuis longtemps. Par la fenêtre, Boris Bogdanov a regardé Julie sortir de chez elle. Sous son manteau d'hiver mal fermé, elle portait une jupe courte, très courte. Le taxi attendait déjà depuis quelques minutes. Elle s'y est engouffrée rapidement. Il a vite démarré.

Boris Bogdanov s'est assis face à son aquarium et, sur une feuille, a vérifié le parcours de l'un de ses poissons. Toute sa théorie reposait sur cette première certitude. Avant toute hypothèse, s'assurer des fondations de sa démonstration à venir.

— *Da... Da... Da...*

La recherche, c'est très compliqué, mais d'une logique très simple. Tout doit être établi. Si vous affirmez que Mélanie fait pipi debout, avant de prouver qu'elle fait pipi debout, vous devez d'abord démontrer que Mélanie existe. Si elle n'existe pas, comment expliquer qu'elle fait pipi ? C'est pourquoi Boris Bogdanov devait s'assurer, avant tout, que ses poissons suivaient toujours le même chemin. Il avait dessiné sur des feuilles des parcours de couleurs différentes pour chacun d'eux. De cet immense nœud en quadrichromie, il espérait démontrer que la ficelle de chacun de ses poissons dépendait du parcours des autres.

Il aurait peut-être dû s'occuper du pipi de Mélanie. Au moins, il aurait eu Mélanie à qui parler, car même avec quatre poissons, on se sent bien seul quand vient le moment de faire la conversation. La solitude du chercheur de fond.

De l'appartement d'en face s'échappait de la musique classique. Simon et Michel, assis sur le grand divan, savouraient. Un disque trente-trois tours tournait sur un système de son haut de gamme. Leur intérieur était décoré avec goût, à la limite du rococo, dans une dominante de rouge.

Sur une petite table, face à eux, une bouteille de Chivas Royal Salute, 21 ans d'âge. Comme chaque soir, ils n'en boiraient que deux verres sagement mesurés. La bouteille reposait dans son écrin en velours bleu, le goulot orné d'une fine cordelette dorée retenue par un nœud marin. À cent cinquante-neuf dollars l'unité à la SAQ, ils en prenaient grand soin. Un bichon maltais tout blanc, quatre ans d'âge, gémissait dans son panier en osier.

— Simon t'a sorti il y a trois heures. Un peu de patience, mon ami!

Cela faisait dix ans que Simon et Michel vivaient ensemble. Pourtant, ils ne sortaient jamais tous les deux. Ils donnaient l'impression de se cacher. Dans le quartier, on les croyait frères. Avec leurs cheveux blancs coupés très courts et leurs fines moustaches, ils se ressemblaient tellement.

Ils s'étaient connus onze ans plus tôt. Simon, psychanalyste, avait reçu Michel sur son divan. Michel avait entrepris une thérapie pour un mal-être qu'il ne s'expliquait pas. Il vivait mal son rôle de père, d'époux. Il aimait son fils unique de dix-huit ans. Il aimait sa femme avec qui il était marié depuis vingt-cinq ans, mais quelque chose clochait en lui. Il ne se sentait pas bien, comme s'il n'était pas vraiment lui-même. Seul son emploi à Météo Canada le rendait heureux. Il était spécialiste des ouragans et travaillait sur une matrice qui permettrait de déterminer précisément la trajectoire de ces prédateurs naturels. Simon était également marié et avait deux filles de seize et dix-neuf ans.

Au fil du temps, ils se trouvèrent des affinités. Simon savait qu'il ne fallait jamais se rapprocher d'un patient. Mais plus Michel se confiait et plus Simon le comprenait. Ils aimaient les mêmes choses. Ils commencèrent à désirer les partager. Ils étaient tout simplement bien ensemble. Progressivement, ils en vinrent à se sentir mal s'ils restaient éloignés trop longtemps l'un de l'autre.

— Michel, j'ai deux billets pour Alain Lefèvre avec l'Orchestre symphonique de Montréal. Normalement, je ne devrais pas sortir avec un patient, mais c'est à la Place des Arts, c'est à deux pas…

Ils ne se sont pas contentés de deux pas. Ils ont divorcé en même temps. Les deux familles ont très mal pris la chose. Surtout celle de Simon, il est juif. L'Ordre des psys du Québec n'a jamais su qu'il vivait avec un ancien patient. Il ne voulait surtout pas que cela se sache. Quand Simon sortait Pipo, Michel restait à cuisiner à la maison. Ils avaient décidé de vivre leur bonheur isolés du monde, pour mieux le savourer.

Le tempo de la musique est monté, de moderato il est passé à allegro. La main de Simon a glissé pour saisir celle de Michel.

Ils s'aiment.

Et j'ai prié pour qu'il m'aide

Mon père a eu la fève, ma mère a eu la couronne, moi, rien du tout. Ils se sont regardés tous les deux. Mon père a inspiré, ma mère a expiré.

— On a quelque chose à te dire.

Je n'avais pas envie d'entendre, mais ça a parlé.

— Il faut que tu saches que maman et papa, ils s'aiment beaucoup.

— Enfin… encore beaucoup.

— Mais tu sais, des fois on s'aime, mais c'est difficile dans la vie de tous les jours… Les choses changent… Le temps passe… On n'est plus tout à fait les mêmes…

Je l'ai trouvée compliquée, cette phrase. Ma mère a repris son souffle et en a profité pour replacer sa couronne qui venait de glisser de sa tête.

— Des fois, c'est tellement difficile qu'on n'arrive plus à vivre ensemble comme avant parce que ce n'est plus comme avant.

Des amis à l'école m'avaient raconté comment leurs parents s'y étaient pris pour leur annoncer ça. La suite, je l'ai à peine écoutée, je l'avais déjà entendue.

— Papa et moi, on a décidé de se séparer.

Ils m'ont fixé pour voir comment j'allais réagir. Je n'ai pas bougé.

— Ça fait maintenant un mois qu'on l'a décidé, mais on ne voulait pas te gâcher les fêtes de Noël.

J'ai baissé la tête pour ne pas dire merci. Il ne fallait tout de même pas exagérer. Je ne voulais pas les regarder, mais j'ai bien senti qu'ils se regardaient pour savoir qui devait parler. Ma mère a toujours été la plus bavarde des deux.

— Tu auras toujours un papa et une maman, sauf qu'ils n'habiteront plus ensemble... Une semaine tu seras chez papa, ici. L'autre, tu viendras chez moi. Tu verras, ça sera presque comme avant. Y a beaucoup d'enfants qui vivent très heureux comme ça...

On allait être maintenant quatorze dans la classe à migrer chaque semaine. Il y en a qui disent que c'est cool. J'ai relevé la tête. Tout était en moi. Ma mère m'a fixé. J'ai fait pareil. Elle est devenue inquiète.

— Ça va ? On dirait que cette nouvelle ne te fait rien... Tu as le droit d'avoir des émotions.

Il fallait dire quelque chose, je ne voulais pas qu'ils pensent que je ne les aimais plus. Je n'ai pas réfléchi.

— Qui c'est qui va faire à manger quand je serai avec papa ?

Mon père m'a souri comme il a pu. Il n'était pas rassurant du tout.

— Je vais acheter un livre de recettes, pis on s'y mettra tous les deux, ça va être le fun !

Ça commençait vraiment mal, la garde partagée. Je me suis levé.

— Faut que je prépare mon sac pour l'école.

Ma mère m'a juste pris la main.

— Si tu as besoin de parler, si tu as des questions à poser, il ne faut pas hésiter.

J'ai lâché sa main. Elle attendait quelque chose. Je me suis approché et je l'ai serrée fort dans mes bras.

Elle serrait encore plus fort que moi. Quand elle m'a lâché, j'ai fait pareil avec mon père. Mais lui, il a serré vraiment plus fort.

— P'pa, tu m'étouffes…

Je n'avais plus rien à dire, plus rien à faire. J'ai pris le couloir, direction ma chambre, sans m'arrêter aux toilettes. Je les ai entendus chuchoter. Je n'avais plus le goût de les écouter.

Dans ma chambre, quand j'ai refermé la porte, ça m'a fait drôle. J'ai entendu la télévision s'allumer. Mon père avait entamé son *shift* du soir. Mes parents n'avaient pas parlé longtemps et, pour une fois, ils ne s'étaient pas disputés.

J'ai pris mon caméscope, mais je n'avais plus le goût de regarder les boules de la voisine. J'ai rembobiné jusqu'au Nouvel An. On l'avait passé chez Julien, en Montérégie. Je n'avais pas eu à revoir les jumelles hyperactives sauter sur le divan, elles étaient chez leur mère. Tant mieux pour Julien qui n'avait pas eu à leur courir après pendant toute la soirée. Ça devait l'arranger, lui, la garde partagée. Ça n'arrange que les parents de toute façon.

Je n'ai pas arrêté de faire des allers-retours entre 1997 et 1998. Je pressais *rewind* pour entendre encore et encore le décompte fatidique.

— Cinq… quatre… trois… deux… un… zéro! Bonne année!

Puis j'ai revu mon père et ma mère me souhaiter les vœux devant l'objectif. Ils avaient du mal à trouver leurs mots. Maintenant, je comprenais pourquoi ils étaient si mal à l'aise.

— Papa, colle-toi plus fort contre maman que je vous voie bien tous les deux dans l'image!

J'ai appuyé sur la touche *stop*. Je les avais trop vus. J'ai replacé la bande sur les boules de la voisine. J'ai éteint le caméscope et je l'ai rangé dans mon sac d'école.

Je me suis allongé sur le dos et j'ai regardé le plafond. Il était blanc comme avant, mais le blanc m'a paru différent. Je n'arrivais pas à comprendre, tout semblait pareil. Plus rien n'était pareil. Puis c'est venu d'un coup. Des larmes sont sorties de partout de mes yeux pour éclabousser ma figure. J'ai mis mes mains sur mes joues, mais elles passaient à travers. Je ne pouvais plus les arrêter. Je pleurais comme je n'avais jamais pleuré. D'habitude, c'est quand je me fais mal ou qu'un copain me frappe que je pleure. Là, ça venait d'en dedans. Ça fait tellement plus mal. Je ne savais pas.

Ce n'était pas possible, ce qui m'arrivait! Pas à moi. Comment pouvaient-ils se séparer? Me partager? Impossible! Les parents, ça ne se sépare jamais, sauf ceux des autres.

— Je ne veux pas! Je ne veux pas! Je ne veux pas!

Et j'ai pleuré encore jusqu'à ne plus pouvoir pleurer. Je ne savais pas qu'il y avait une fin à ça aussi. Ils ne m'avaient même pas demandé mon avis. Pourtant, ça me concernait, c'était ma vie! C'est moi qu'ils devaient ne plus aimer pour agir ainsi, puisqu'ils m'ont dit qu'ils s'aimaient toujours, mais pas pareil.

— Aidez-moi! Aidez-moi! Aidez-moi!

Personne ne m'a répondu. J'étais seul, tout seul. Je suis allé à la fenêtre. Il pleuvait. J'ai regardé le ciel. Il était gris et noir. Je ne l'ai pas lâché des yeux. J'étais si petit, il était si grand.

Et j'ai prié pour qu'il m'aide.

Bébé… Je t'ai, toi, bébé…

« Dix à vingt millimètres d'eau, ça pourrait peut-être causer des problèmes, ça… »

Sur l'écran de la télévision, l'homme était décontracté et d'humeur joviale. Dans son imperméable vert, pas vraiment moulant, il badinait sous une pluie fine. Les intempéries, c'était son moment de gloire. Normal, il était le présentateur du bulletin météo. Autant dire que le ciel n'avait aucun secret pour lui. Sous son parapluie, il s'en moquait. La lectrice des nouvelles avait l'air de trouver ça bien drôle.

« Et allez vous sécher! On veut vous retrouver à la fin de l'émission! Vous êtes tout congelé, là! »

— Il a qu'à se pisser dessus, ça va le réchauffer, le s'tie de fif!

Alex n'a rien dit. Il n'a pas ri. Il n'a même pas souri. En fait, il n'entendait plus les sarcasmes de son père. Depuis que Do, sa femme, son amour, l'avait abruptement quitté, sans crier gare, Alexis voyait des fifs partout. Et quand ils n'étaient pas fifs, ils étaient juifs, rarement les deux.

Les femmes, Alexis ne les regardait plus et ne cherchait pas à attirer leur attention. Alors il n'attirait l'attention d'aucune. Pourtant, il était encore bel homme à quarante-cinq ans, mais il ne s'aimait plus. La haine de l'autre n'était que sa bouée de survie.

— Tous des fifs! S'tie d'Juifs!

Face à son fils, il était différent. Il y avait une forme de douceur, certainement nourrie par sa culpabilité. Alex avait les cheveux aussi noirs et crépus qu'Alexis avait les cheveux clairs et raides, dans les blond gris. Alex avait le teint mat, Alexis la peau blanche. Seuls leurs prénoms se ressemblaient. Une idée de père.

— Dans Alexis, il y a Alex!

Alex avait parfois demandé à Alexis de lui dire qui était sa mère et pourquoi elle était partie.

— J'suis pas capable, Alex, c'est comme si elle n'existait plus!

Ça ne se raconte pas, quelque chose qui n'existe pas. Alex n'avait donc plus jamais demandé.

— *Bullshit*! Hier, ils n'annonçaient pas de verglas, pis là y a du verglas, pis je suis certain que demain, y en aura pas! Tu te rends compte si je travaillais de même, moi?

Alex a regardé son père. C'est dans ces moments-là que sa mère lui manquait le plus. C'est elle qui aurait dû le défier des yeux. C'est elle qui aurait dû le ramener à la réalité.

— Tu t'es vu, toi?

Alex s'était souvent demandé s'il avait une mère, si on pouvait naître de personne. De sa petite enfance, il n'avait aucun souvenir. Il savait simplement qu'Alexis avait été musicien, un auteur-compositeur guitariste. Alex se souvenait que, plus jeune, il passait de longues journées dans des studios d'enregistrement. Il gardait en mémoire ces grandes tables de mixage tandis que vautré sur un divan, il regardait son père, guitare en bandoulière, derrière la grande vitre. Il avait beau n'être qu'un enfant et ne pas devoir tout comprendre, il devinait.

— Alexis! C'est tout le temps la même chose avec toi! Tu ne peux pas jouer ce qu'on te demande? Un do mineur, c'est un do mineur et un la mineur, c'est un la mineur… Et nous, on te paye pour jouer un do mineur!

— Après un do mineur, on ne met jamais de fa dièse, il t'a pas appris ça, ton prof de musique?

— Alexis… On te demande juste de jouer cette maudite partition, on s'en crisse de ton avis!

— Après un do mineur, on ne met pas de fa dièse!

— T'es fatigant, là… Décrisse!

— Vous savez pas qui vous perdez! Vous allez le regretter!

Et c'est ainsi que s'est jouée la dernière séance. Aucun des studios n'a jamais regretté d'avoir perdu Alexis. Têtu d'aveuglement, il n'a pas renoncé à sa carrière. Quand on est certain de son talent et de détenir les clefs du succès, on n'abandonne pas un métier qui peut faire de vous une vedette. Il suffit juste de se réorienter.

— Là, ils vont comprendre c'est quoi, la musique!

Alex a accompagné son père dans les rues du Vieux-Montréal. Alexis jouait recroquevillé, en marmonnant plus qu'en fredonnant, comme s'il ne jouait que pour lui, sans chercher à ce que quelqu'un l'entende. Quand on n'aime personne, c'est difficile de chanter l'amour. Alors les amoureux passaient sans rien donner, puis allaient se bécoter sur les bancs publics. C'est à partir de ce moment que l'état d'Alexis s'est dégradé.

— Tous des fifs! S'tie d'Juifs!

La musique aussi l'avait plaqué. Mais avec un enfant à sa charge, il faut manger. Il s'est mis à peindre, pas des tableaux, mais des murs et des fenêtres, puis aussi des plafonds. Tout le monde s'accordait pour dire qu'il était bon ouvrier. Mais trop souvent il oubliait d'aller travailler ou se querellait avec ses confrères qui n'en pouvaient plus de l'entendre.

— Tous des fifs, les charpentiers! Crisse de plombiers! S'tie d'Juifs!

Ça lui prenait quelques jours pour retrouver un chantier. Idéalement, il valait mieux qu'il y travaille seul. Bien entendu, Alexis buvait. Il n'était pas un alcoolique chronique, mais le soir, il lui fallait autant de bières que nécessaire pour s'endormir. Ça dépendait.

Quand on n'a qu'une seule personne à aimer et que cette personne vous aime, même mal, on l'aime. Alex aimait son père. Il se demandait bien pourquoi cette vie lui avait été donnée. Il avait la conviction que son avenir était écrit. La directrice pédagogique de l'école le lui avait confirmé.

— Toi, tu finiras mal!

Alex n'avait pas protesté. Il se comportait comme tous les enfants. Ça n'est pas ce que disent les parents qui compte, mais l'exemple qu'ils donnent. Et de ce côté, Alexis n'offrait aucun exemple qui aurait pu laisser présager une destinée heureuse pour son fils.

— Bonne nuit, papa!

— Tu vas déjà te coucher?

— Y a d'l'école demain.

— Déjà?

— Ben oui, p'pa, c'est le 5 janvier, c'est la rentrée!

— T'es trop sérieux pour ton âge!

Alex n'était pas sérieux du tout. Il frappait tout le monde. Le dépanneur du quartier ne voulait plus le voir dans son magasin, car il y avait volé trop souvent.

Il mentait à son père. Il imitait sa signature. Il copiait ses examens sur ceux de son meilleur ami. Il ne l'avisait jamais des rencontres avec les professeurs. De toute façon, son père ne savait même plus que tout cela existait. Il n'attendait que de s'endormir sur le divan. D'abord, il ronflait, puis il se mettait à marmonner, toujours le même refrain.

— Bébé… Je t'ai, toi, bébé…

Alors Alex se levait et posait une couverture sur Alexis.

— Bébé… Je t'ai, toi, bébé…

Alex ne se lassait pas d'entendre ces mots doux. Il restait souvent assis tard dans la nuit à côté de son père qui dormait. Il était si rare pour lui d'entendre l'amour.

— Bébé… Je t'ai, toi, bébé…

Lundi 5 janvier 1998

«Alors qu'on attendait de dix à quinze millimètres de pluie verglaçante, il en est tombé presque le double, soit près de vingt-cinq sur Montréal, trente sur les Laurentides et vingt sur la Montérégie. Le poids du verglas affecte les lignes électriques, les premiers fils se brisent et les pannes commencent...»

Ça se peut pas, des affaires de même

LE RÉVEIL A SONNÉ. Je me suis réveillé d'un coup. Je ne devais pas dormir profondément. Pendant au moins cinq secondes, j'ai vraiment été bien. Je me suis étiré, puis ça m'est revenu. Le bonheur m'a quitté. Je me suis levé et je suis allé à la fenêtre, j'ai tiré le rideau. Le sol était brillant. On aurait dit de la glace. J'ai regardé encore. C'était de la glace! J'ai levé les yeux, c'était gris et il tombait de la glace! C'est ça que le ciel avait fait pour moi?

J'ai couru vers la cuisine, j'espérais. Mon père et ma mère finissaient leur petit déjeuner, le nez plongé dans leur tasse. Quand ils ont levé la tête et m'ont regardé, j'ai tout de suite compris que rien n'avait changé.

— Ton père partira aujourd'hui.

J'ai rempli mon bol de céréales et je me suis assis face à eux. Mais ce matin, je n'avais pas envie de me taire pour pleurer après.

— Je croyais que c'est papa qui devait rester?

J'ai pris un ton froid comme si ça ne me touchait pas. Ma mère, qui me connaît, a parlé doucement.

— L'amie dont je reprends l'appartement devait déménager dans un autre appartement, mais les travaux...

— Je sais! Ils ne sont pas finis et c'est pour ça que papa part au chalet.

Ils se sont regardés. Ma mère a fait une grimace, mon père a baissé la tête. Ils ont compris que je les avais entendus. Je n'avais pas envie d'être gentil. Je n'avais pas aimé qu'ils décident sans moi.

— C'est lequel qu'a eu l'idée?

— L'idée de quoi?

— L'idée de vous séparer…

Ils ont eu l'air bête. C'est vrai ça, y en a toujours un qui quitte l'autre. Ils se sont fixés un long moment. À leurs regards, j'ai compris que s'ils ne répondaient pas, c'est que les deux avaient eu l'idée.

— C'est une séparation à l'amiable. On pense tous les deux pareil.

Ils m'annonçaient qu'ils se séparaient, mais ils n'arrêtaient pas de dire qu'ils étaient d'accord. Quand on est d'accord, c'est qu'on s'aime. Et quand on s'aime, on reste ensemble.

— Et si moi, je ne pense pas comme vous?

Mon père a été le plus surpris par ma réponse. Il m'a regardé comme s'il me découvrait. Ma mère, elle, ça l'a agacée, je l'ai vu. Elle a essayé de rester douce. Elle n'y est pas arrivée.

— Je comprends que ça te fasse mal, mon chéri, mais ce sont des problèmes de grandes personnes. C'est un homme et une femme qui ont décidé de se séparer… C'est la vie. Ça arrive à plein de gens.

— Mais on est trois!

Mon père a mis la main sur celle de ma mère, c'était à lui de parler maintenant.

— Maman a raison, ça sera mieux pour tout le monde.

— Mais moi, je suis bien avec vous deux.

— Tu vas être encore heureux.

— Peut-être plus, même ?

Ils auraient mieux fait de se taire. Je n'arrivais pas à comprendre qu'ils puissent me dire cela. Comment pouvaient-ils imaginer que je serais plus heureux sans eux deux ? J'avais l'impression qu'ils savaient que j'avais de la peine, mais qu'ils ne voulaient pas que je le montre pour pas qu'ils en aient. Ils ne pensaient qu'à eux. Comme si parce que tout le monde se séparait, ben y avait rien de mal à faire pareil. Mon père s'est levé et a ouvert la radio.

« Des milliers de foyers québécois sont sans électricité à cause du verglas qui s'abat depuis plusieurs heures... »

J'ai recraché mes céréales ! Mais qu'est-ce qu'il fait le ciel, là ? Je voulais juste qu'il m'aide, moi ! Je n'aurais jamais dû compter sur lui. Je me suis levé.

— Je vais être en retard !

Mes parents n'ont rien dit. Ils n'avaient plus envie de parler. Je les ai embrassés comme je le faisais chaque matin, dans ma vie d'avant. Je n'ai pas voulu penser que c'était la dernière fois que je les avais tous les deux en face de moi. Ça m'aurait fait encore pleurer. J'ai juste eu le temps d'entendre la remarque de ma mère qui, elle aussi, se préparait à partir.

— Laisse-le digérer la nouvelle... Il faut qu'il fasse son chemin.

Je me suis enfui à l'école. Enfin, pas trop vite, car on avait vraiment du mal à tenir debout. Alex était d'humeur joyeuse. Il ne cessait de courir et de glisser.

— Mon père, il va pas en revenir quand il va se réveiller.

C'est vrai que le spectacle était étrange. Une fine couche de glace recouvrait le sol. Sur les voitures, on aurait dit du papier de cellophane qui emballe les bonbons. Une vieille dame qui sortait de la résidence de personnes âgées est tombée devant nous. Je m'en suis terriblement voulu. Alex a éclaté de rire. Je n'ai pas ri.

— C'est pas drôle!

— Elle est pas tombée de haut, elle a rien, là… Regarde, elle se relève. Enfin, elle essaye.

— J'aurais jamais dû faire ça…

Alex n'a pas compris de quoi je parlais.

— T'as pas amené ton caméscope?

J'ai hésité à lui dire pour mes parents et le ciel.

— Si t'as pas pris ton caméscope, ça va me fâcher.

— Je l'ai, Alex, t'inquiète pas…

— Crisse que j'ai hâte de voir ça! Ça va être le fun!

Une qu'a vraiment pas eu du fun, c'est la directrice pédagogique. On était au moins dix autour du caméscope. Elle pouvait rien voir parce que l'écran était petit, mais elle a bien entendu. C'est vrai que c'était difficile de ne pas entendre. Tout le monde criait la même chose. Ça riait.

— Fais voir ses boules!

— Fais voir ses boules!

— Fais voir ses boules!

Elle a fini par les voir… Mais elle, ça ne l'a pas fait rire.

— Avez-vous pensé à la dignité de cette femme que vous montrez nue à toute l'école sans qu'elle le sache?

— On en voit plein à la télé, madame, pis elle ne le sait pas! Y a qu'à pas lui dire.

Pourquoi s'en faire? La directrice pédagogique a regardé au plafond en soufflant de dépit.

— En secondaire un et déjà misogyne!

Elle qui avait dû combattre pour l'égalité des sexes et le respect des femmes, elle ne l'aimait pas, Alex. Pour elle, il finirait mal, elle le lui avait déjà dit. Elle s'est tournée vers moi.

— Mais toi, ce n'est pas ton genre avec les parents que tu as.

Je ne voulais surtout pas être du genre à laisser tomber mon meilleur ami et encore moins à parler de mes parents.

— Tu n'as rien trouvé de mieux à filmer?

— Non, madame.

— Tu n'aurais pas pu faire comme tous les enfants normaux et filmer tes amis, tes parents, ton animal préféré... Inventer une histoire... Laisser aller ta créativité pour faire éclater l'enfant en toi... Mais ce que tu as fait là est répugnant! Pauvre femme... Quand je pense qu'aujourd'hui encore on les réduit à ça!

Alex n'est jamais malin dans ces moments-là. Au lieu de faire comme moi et de baisser les yeux en prenant un air triste pour faire passer l'orage, il a ri bêtement.

— Qui a eu cette idée stupide?

Appuyée debout contre son bureau, elle n'a pas lâché des yeux Alex. Je me demandais bien pourquoi elle avait posé la question si elle connaissait déjà la réponse. Alex s'est penché en avant, coupable quoi qu'il arrive.

— C'est pas lui, madame!

La directrice pédagogique a sursauté et s'est tournée vers moi. Alex me regardait sans rien comprendre.

Entre nous, on avait une sorte de pacte. Les coups, c'est lui qui les donnait, mais c'est aussi lui qui les prenait.

— Oui, c'est moi qu'a eu l'idée, madame.

— Tu as peur de lui?

— Non, madame.

— Ici tu n'as pas à avoir peur, tu peux dire les vraies choses. Si tu es victime d'intimidation, tu dois m'en parler.

— Je vous dis que c'est moi, madame. C'est même moi qui l'ai forcé à le faire.

Là, j'étais peut-être allé un peu trop loin. Alex, il n'a pas pu s'empêcher d'éclater de rire. Il n'arrive jamais à se retenir, surtout quand c'est important. La directrice pédagogique nous a évalués du regard. Même assis, on voyait qu'Alex avait une tête et au moins quinze kilos de plus que moi. C'était étrange, on était trois et tout le monde savait que je mentais. Elle m'a regardé avec des yeux méchants.

— Tu veux jouer à ce petit jeu avec moi?

Ça n'est pas que je voulais jouer. Je voulais avoir mal, pour avoir plus mal encore. Pour surtout ne plus avoir mal à cause de mes parents. Alex m'a regardé. Ses yeux me disaient que ce n'était pas un problème si c'était lui qui prenait tout. Il était habitué. Mais il ne pouvait pas comprendre. Je ne lui avais rien dit. La directrice pédagogique s'est retournée vers son bureau.

— Puisque c'est comme ça, je vais demander à vos parents de venir. Je vous préviens, vous risquez un renvoi temporaire. Peut-être sauront-ils me dire qui est sur cette vidéo. En attendant, je garde ce caméscope ici.

Elle est allée s'asseoir à son bureau et a saisi son téléphone. Elle a pointé Alex.

— Le numéro de chez toi?

— Mon père, il dort encore!

— Ah! c'est vrai, j'avais oublié…

Elle l'a dit méchamment. Même Alex qu'est fait solide, ça lui a fait mal. Les adultes sont parfois très durs quand ils ne comprennent pas les enfants. Elle s'est tournée vers moi.

— Ton numéro?

— Je l'ai oublié.

Alex m'a regardé comme s'il ne me reconnaissait plus. Le dur, c'était toujours lui. Même moi, je me demandais si j'étais encore le même. La directrice s'est tournée vers une grande étagère.

— Puisque vous vous croyez si malins…

Pendant qu'elle cherchait nos numéros de téléphone dans ses fichiers, Alex s'est approché de moi. Il était comme ennuyé que je prenne le même chemin que lui. Dans la vie, on préfère souvent son contraire. Mais pour une fois, on allait payer ensemble. J'attendais d'avoir mal.

Dring! Dring! Dring!

La directrice a décroché en nous regardant. Dans ses yeux, c'était clair que l'heure de la mise à mort n'était retardée que le temps d'un appel. On lui parlait, elle a eu l'air ennuyée. Elle s'est tournée vers la fenêtre.

— Ah? Ça n'est pas près de finir? Il va en tomber encore?

Elle nous a regardés, mais elle n'était plus là.

— Oh là là! ça commence vraiment mal, cette rentrée!

Elle a raccroché. Elle a regardé un instant mon caméscope, mais il ne l'intéressait plus. Elle semblait perdue. Elle a pris son téléphone, elle avait besoin d'aide.

— Geneviève! Tu annonces au micro que l'école va être fermée à midi. Les enfants qui ont l'autorisation de rentrer seuls peuvent partir. Pour les autres, nous devons appeler leurs parents, un par un. Tu fais les secondaires un, trois, cinq, je prends les deux et quatre. Bon courage!

Elle a raccroché et a regardé sa montre, horrifiée de la centaine d'appels qu'elle allait devoir faire.

— J'en ai pour des heures…

On n'a pas été surpris quand elle nous a fait signe de nous lever. Elle a vite rangé le caméscope dans un tiroir de son bureau. Elle ne nous a même pas regardés et a agité sa main, comme pour nous repousser.

— Je n'ai pas le temps de m'occuper de vos histoires à cause de ce maudit verglas. Allez en cours, on verra ça demain! Allez, disparaissez!

Dans le couloir, Alex, sous le choc, m'a longuement fixé.

— T'as vu la chance qu'on a eue?

— C'est pas de la chance.

— Moi, de la chance, j'en ai jamais, alors quand j'en ai, crois-moi, je la reconnais!

— C'est pas de la chance…

— Je te dis que c'est de la chance!

— C'est à cause de moi.

— C'est pas à cause de toi, c'est à cause du verglas!

— Le verglas, c'est à cause de moi.

J'ai dû lever la tête parce qu'il me regardait de haut.

— T'as fait ça comment?

— J'ai demandé au ciel de m'aider…

— Demander au ciel de t'aider… Ça va pas dans ta tête?

— Non, ça va pas…

Il m'a regardé d'un tout petit peu moins haut.

— Pourquoi t'aurais fait ça?

— Une affaire avec mes parents…

Il n'était plus haut du tout. Comme d'habitude, il ne m'a pas posé de question. Il a voulu me ramener à la raison, sans me blesser. Un regard suffit pour savoir ce que l'autre pense. Il a posé sa main sur mon épaule, puis l'a secouée doucement, rassurant.

— Hey man! Ça se peut pas, des affaires de même.

La nature humaine se révèle
dans la merde

Boris Bogdanov avait peur. Il a regardé par la fenêtre pour fixer le ciel, puis son aquarium. Il est allé sur le balcon de sa cuisine pour voir les fils électriques dans la ruelle. Ils ployaient dangereusement sous le poids de la glace. Tiendraient-ils?

Sans électricité, il savait qu'il ne pourrait maintenir bien longtemps son aquarium à trente-deux degrés. Il est revenu vers le salon et a allumé la télévision.

« Des pluies verglaçantes sont prévues tout l'après-midi. On craint des pannes de courant à Montréal et dans toute la région... »

Boris Bogdanov n'a plus voulu entendre. Clic! Il s'est assis face à son aquarium pour le fixer longuement et s'est frotté le menton, signe d'une intense réflexion. En se penchant, il a saisi au sol la première feuille qui traînait. Au recto, elle était pleine de calculs. Il l'a retournée, elle était vierge. Il a attrapé sur le bureau une règle millimétrée et un crayon. Rapidement, il a dessiné une vue isométrique de l'aquarium. Il en a mesuré l'exact format. En quelques calculs, il en a su le volume. Pour Boris Bogdanov, ce genre de calculs est à l'arithmétique ce que le déhanchement du bassin est pour une danseuse : de la routine.

Boris Bogdanov s'est ensuite lancé dans des calculs thermiques. Sur un tableau qu'il a rapidement tracé, il a noté avec soin le temps que prendrait l'aquarium pour se refroidir en considérant la température environnante.

Il a pu définir un algorithme qui déterminait la quantité et la chaleur de l'eau qu'il faudrait ajouter dans l'aquarium si la température venait à y baisser. S'il enlevait un litre d'eau à trente et un degrés, il lui faudrait en remettre quatre cent cinquante-neuf millilitres à quatre-vingt-dix-huit degrés pour que la totalité de l'aquarium revienne à trente-deux degrés. Il a continué ses calculs, en y incluant diverses pressions atmosphériques possibles, si l'eau tombait ensuite à vingt-neuf, vingt-huit, vingt-sept, vingt-six, vingt-cinq, vingt-quatre, vingt-trois et vingt-deux degrés. En dessous, il n'a pas eu le courage de l'envisager.

— *Niet... Niet... Niet...*

La qualité des Russes, c'est qu'ils savent faire sans. Boris avait vécu dix-sept ans en Russie. Dans ces dix premières années, il avait connu la dernière décade du régime communiste. Faire sans, il savait ce que c'était. Mais mieux encore, comme tout Russe dans la merde, il savait se débrouiller dans les situations de précarité, de première nécessité. Sur sa liste, c'était clairement ordonné : un thermomètre, un réchaud de camping et autant de bouteilles de gaz que possible.

Dans les allées du Canada Depot, Boris Bogdanov n'était pas seul. Ils étaient nombreux à se ravitailler. Ceux qui n'avaient déjà plus d'électricité croisaient ceux qui s'apprêtaient à peut-être ne plus en avoir. Tout le monde convergeait vers les mêmes rayons. Certains se contentaient de ce qui leur était nécessaire. D'autres, guidés par la peur, éprouvaient l'irrésistible besoin de stocker en masse, quitte à priver leurs voisins du nécessaire vital. Boris Bogdanov a vidé le rayon des petites bouteilles de gaz. Il a pris les vingt-cinq qui restaient et a filé vers la caisse.

La nature humaine se révèle dans la merde.

Je n'ai rien trouvé de mieux à faire

EN MARCHANT DANS LA RUE, Alex ne cessait de me jeter des regards. L'appel miraculeux reçu par la directrice pédagogique, il n'y avait vu que de la chance. Quand l'école s'est vidée, il s'est gratté la tête. Mais je l'ai vraiment senti ébranlé lorsque l'ambulance est arrivée sirène hurlante dans l'école. On était encore là, on a tout vu. J'avoue avoir eu de la peine en voyant la directrice pédagogique allongée sur le ventre, dans la civière. Elle gémissait pendant que l'ambulancier tentait de la réconforter.

— Je vous souhaite juste qu'il ne soit que fêlé, mais vu comment ça vous fait mal, j'ai bien peur que votre coccyx soit brisé.

Ça ne l'avait pas réconfortée du tout. Elle a gémi encore plus fort. Elle paraissait soudain si fragile, plus du tout la même que dans son bureau. Heureusement qu'elle n'a pas entendu les élèves se passer la nouvelle. Tout le monde avait oublié que c'est en voulant aider à mettre du sable sur la glace pour qu'aucun enfant ne glisse et ne se blesse qu'elle avait, elle-même, glissé.

— La directrice pédagogique s'est brisé le cul!
— La directrice pédagogique s'est brisé le cul!
— La directrice pédagogique s'est brisé le cul!

Les enfants sont cruels, je le sais, ça. Alex ne parlait pas, trop occupé à me regarder toutes les cinq secondes. Il se questionnait, c'était clair. On est donc rentrés sans parler. Le ciel ne m'aidait pas encore exactement comme je le voulais, mais il m'avait entendu, c'était évident. Ça m'a redonné de l'espoir. En arrivant dans notre rue, j'ai vu la porte de ma maison s'ouvrir. Une valise est apparue, puis une autre. Mon père a suivi. L'espoir n'avait pas duré longtemps.

— Mais qu'est-ce que vous faites là?

— L'école est fermée à cause du verglas. T'es pas au courant?

— Non, je n'ai pas vraiment eu le temps d'écouter les nouvelles ce matin.

J'ai regardé mon père. Dans ses yeux, j'ai vu qu'il aurait vraiment voulu éviter que je le voie partir. Dans ces cas-là, on dit ce que l'on peut. C'est lui qui a commencé.

— Je suppose que vous allez en profiter pour faire vos devoirs?

— On n'a pas vraiment eu le temps d'en avoir, papa…

— Chanceux…

À ce mot, Alex a paru reprendre ses esprits. Mon père a saisi ses deux valises.

— Faut que je parte, il paraît que c'est pas bien beau sur les routes… Embrasse maman de ma part.

Embrasser maman de sa part! Il s'est penché vers moi. Je me suis collé à lui. J'ai pu voir ses mains qui serraient très fort, en tremblant, les poignées des valises. Partir, ça ne doit pas être facile. Il est allé rapidement charger l'auto sans me regarder ou plutôt sans vouloir que je le voie. Il a vite démarré le moteur. En partant, les pneus ont glissé sur la glace. Il a disparu au coin de la rue. Alex a regardé ailleurs.

— Ils se séparent, hein?

Je n'avais rien à répondre à cela. Alex a juste senti que je me retenais de pleurer. Il était gêné de me l'avoir demandé. Il a reculé de quelques pas. Même les durs savent parfois être doux.

— Je vais rentrer chez nous… Incroyable ton coup de la directrice pédagogique! T'es vraiment trop bon! T'es le meilleur!

Il a dit cela pour me faire plaisir. Il n'en croyait pas un mot. Je pense qu'à sa place, je ne l'aurais pas cru non plus.

Quand je suis rentré chez moi, ma mère n'était pas là. Alors, seul dans ma chambre, j'ai passé l'après-midi à regarder la glace tomber.

Je n'ai rien trouvé de mieux à faire.

Dans la vie, c'est chacun pour soi

Mɪᴀᴏᴜ!

Brutus se lovait contre le mollet épilé de sa belle maîtresse. Face à la glace de la salle de bain, Julie se maquillait. Elle n'avait l'air ni heureuse, ni malheureuse, tout n'était qu'habitudes. Être belle était son rituel, car être belle était son métier. Sur la table basse, le petit sapin avait disparu. Noël était bien fini. Une heure plus tôt, Julie avait reçu un appel du propriétaire du Sex Paradisio. Verglas ou pas, il l'attendait à dix-huit heures précises. Si elle ne venait pas, pas la peine de revenir.

— Un bar de danseuses, ça a pas d'hiver. Y a qu'une saison, et c'est l'été. Ici, c'est toujours chaud dedans et show devant!

Julie ne savait même plus pourquoi elle faisait ce métier. Une farouche volonté d'indépendance en pleine adolescence l'avait rapidement livrée à elle-même. Elle avait qu'à ne pas fuguer. L'amour l'avait rencontrée une première fois au contact de Max, un petit malin. Elle venait tout juste d'avoir dix-huit ans. Il en avait trente, une sorte de père. Quand il avait su que le compte épargne tricoté serré par les grands-parents de Julie venait de se débloquer, il lui avait proposé de vivre ensemble. Cet appartement, c'était leur nid, ils l'avaient choisi à deux. Le bail était au nom de Julie.

Max n'aimait pas la paperasse administrative. Il avait voulu faire compte commun. Elle n'avait pas eu le temps de finir de décorer le nid que Max était parti avec tous les dollars du compte épargne.

— Je vais juste chercher un paquet de cigarettes au dépanneur! Je suis à sec.

Julie n'avait jamais voulu déménager. Pas en souvenir de Max, juste pour son indépendance. Elle ne voulait pas de coloc. Dans un premier temps, elle avait dû trouver un second emploi. Elle travaillait la journée dans un restaurant et le soir dans un bar. C'est beaucoup, surtout quand on travaille sept jours sur sept. Elle n'avait plus le temps de vivre. Elle en avait parlé à un de ses clients qui lui avait dit qu'elle était bien trop belle pour se cacher derrière un comptoir. C'était le patron du Sex Paradisio. Il n'avait pas eu de mal à la convaincre qu'elle gagnerait trois fois plus en travaillant dix fois moins. Il ne lui avait pas menti. Lorsqu'on est jolie, avec une grosse poitrine, on a un bel avenir dans le métier.

— Tu le vois, le petit chauve, là-bas? Il peut cracher trois cents piastres par soir!

L'avenir, Julie ne cessait d'y penser. Elle avait compris qu'être danseuse, c'était accepter de ne pas exister. La femme sur scène qui se dévoilait aux yeux des hommes, ce n'était pas elle. Pourtant, même si c'était une autre qui arrivait à gagner jusqu'à cinq cents dollars par soir, c'était bien elle, Julie, qui en déposait la moitié chaque semaine dans un compte épargne, en souvenir de ses grands-parents.

Le patron du Sex Paradisio, qui se devait d'être dur avec ses filles, aimait beaucoup Julie. Elle était correcte avec lui, mais surtout elle était correcte avec les clients.

Toujours souriante et aimable, c'était une vraie pro. Un exemple pour ses consœurs souvent trop frivoles, le nez dans la poudre ou accrochées à des *pimps* de seconde zone, une drogue encore plus dure. Avec Julie, tout était simple. C'est pour cela qu'il l'avait appelée et ne doutait pas de sa présence.

— Si tu ne viens pas, t'es virée!

Menacer les filles, c'était son style de management. Mais il n'était pas assez fou pour se séparer de Julie qui aurait immédiatement fait le bonheur d'un concurrent. Elle s'était promis de n'exercer ce métier qu'un temps, mais des fois le temps dure longtemps. Pour l'instant, elle le laissait filer. Elle attendait juste le bon moment pour arrêter. Et il n'y a que l'amour, le vrai, pour vous faire quitter un emploi qui peut vous rapporter cinq cents dollars par soir.

Face à la glace, la tête de Julie s'est soudain élevée de quatre pouces. Elle venait d'enfiler une paire de bottes à hauts talons. Brutus ne pouvait plus se lover contre le chaud mollet, car le cuir, c'est froid. Il a rejoint ses congénères sur le divan. Le plus gros des deux ramollis, d'un seul coup de griffe, lui a fait comprendre qu'il n'était pas le bienvenu. Alors, il a erré dans la maison. Chez les chats aussi, il y a une hiérarchie, et Brutus était encore bien loin du sommet.

Julie est sortie de la salle de bain vêtue d'une superbe robe moulante toute rouge, sa couleur préférée. Elle a décroché son manteau qu'elle a enfilé tout en se regardant une nouvelle fois dans un miroir, celui de l'entrée cette fois. Elle a ouvert la porte.

— Bye, les chats!

— Miaou!

Seul Brutus a répondu. Quand on est en haut de la hiérarchie, on oublie souvent ceux qui vous y ont mené. C'est l'ingratitude des chats sur divan. On les prétend indépendants. Ils ne sont que profiteurs, comme les hommes, enfin ceux qu'a toujours croisés Julie.

— C'est pas très prudent, mademoiselle!

Julie a sursauté. Même à dix-sept heures trente, une femme seule est une femme seule. De son pas de porte, elle a, suspicieuse, regardé vers l'homme, chien en laisse, qui venait de l'apostropher.

— Je ne suis pas certain que ces souliers soient des plus appropriés avec ce qui nous tombe sur la tête... Surtout qu'on en annonce pour toute la nuit...

— T'es qui, toi?

— Je suis votre voisin d'à côté... qui travaille à Météo Canada.

— Je te connais pas...

— C'est qu'on n'a pas les mêmes horaires, peut-être...

Ce genre de sous-entendus, Julie ne les aimait pas. Toujours méfiante, elle a descendu les marches des escaliers de l'entrée en oubliant de refermer sa porte. Un regard lui a suffi pour lire Michel. Les hommes à femmes, elle les connaît. Son visage s'est aussitôt adouci.

— Qu'est-ce qu'ils ont, mes souliers?

— Vos souliers vous vont à merveille, mais j'ai vraiment peur que vous tombiez de plus haut encore... Les urgences sont pleines de gens qui ont glissé dans la rue... Une si belle femme allongée dans un lit avec un pied dans le plâtre... Quel gâchis!

Julie a souri. Se retrouver face à un homme dont elle n'avait pas à se méfier, rien à craindre, ça lui faisait du bien.

— C'est que je n'ai pas de chaussures sans talons...
Je ne sais pas marcher sans...

— Je comprends. Si vous avez l'habitude de les
porter, ne prenez pas de risque inutile.

Le petit bichon maltais a remué la queue et s'est
approché.

— Et voici Pipo!

Julie n'a même pas pensé à sourire. Un taxi est
arrivé à vive allure. Il a voulu faire le malin et il a
glissé en freinant sèchement, et surtout bêtement,
sur la glace. Les taxis pensent que les rues leur
appartiennent parce qu'ils les connaissent mieux
que quiconque. Mais ce que l'on croit connaître finit
toujours par nous surprendre. Boum! Heureusement, la poubelle percutée était vide, et surtout, en
plastique.

— J'espère qu'il n'y en aura pas trop sur votre route,
sinon la course risque d'être bien longue...

Alors que le chauffeur, penaud, sortait pour replacer
la poubelle, Julie a souri. Elle s'est penchée pour flatter
Pipo qui avait rarement dû goûter à la caresse d'une
main de femme.

— Ça m'a fait plaisir... Moi, c'est Julie!

— Michel...

— C'est bizarre quand même que je ne vous aie
jamais vu avant... Ce chien me dit de quoi, mais je n'ai
pas le souvenir de l'avoir vu avec vous...

Michel a serré ses mâchoires. Incapable d'évoquer
Simon, de peur de dévoiler leur situation pourtant si
simple.

Tut! Tut!

Le chauffeur était pressé de reprendre sa partie de
quilles-poubelles. Julie a remonté les marches pour

fermer la porte de son petit nid, puis a dévalé les escaliers pour s'engouffrer dans le taxi.

— Je vais être prudente en marchant, je vous promets!

Michel a regardé le taxi partir en zigzaguant sur la glace. Une nouvelle fois, il n'avait pensé qu'à se cacher. Lorsque Pipo a levé la patte pour un dernier pipi, Michel a fixé les fenêtres de son appartement. Cette situation devenait intenable, il fallait qu'il en reparle à Simon.

Boris Bogdanov aurait pu ouvrir sa fenêtre pour informer sa voisine d'en face de ce qui venait de se passer.

— Attention, votre petit chat vient de s'enfuir!

Mais il ne fallait surtout pas compter sur lui. Ça l'aurait peut-être obligé à sortir pour aider à retrouver le chaton. Mais, ne serait-ce que quelques minutes, Boris ne voulait pas s'éloigner de chez lui si d'aventure l'électricité venait à manquer. Il s'est tourné vers son aquarium. Les quatre poissons dessinaient toujours le même chemin. Au sol, prêts à servir en cas d'urgence, un thermomètre, un réchaud de camping et seulement trois petites bouteilles de gaz…

Dans le Canada Depot, un client avait vu Boris vider le rayon des bouteilles de gaz et avait vivement protesté auprès de la caissière. Boris avait argué que c'était son droit d'acheter autant de bouteilles de gaz qu'il le souhaitait.

— Je suis un Canadien libre!

— S'tie d'tabarnac! Tu peux être un Canadien libre si tu veux, mais avant ça, tu vas être un Québécois solidaire!

Quelques clients ont applaudi. Un attroupement, au milieu duquel se débattait le grand désespoir russe, s'est rapidement formé. Boris était seul contre tous. Grandiloquent, le directeur est arrivé pour régler le problème. Légalement, il ne pouvait empêcher Boris d'acheter autant de bouteilles de gaz qu'il le souhaitait. Mais là, c'était une question de prestige, d'image de marque. Il en allait de la morale même de Canada Depot. Ça n'était pas le moment d'avouer à ses clients que les affaires marchaient comme jamais, qu'il avait vendu tout son sel, tous ses pics à glace, toutes ses lampes de poche, toutes ses génératrices en stock, qu'il avait triplé sa commande livrable le lendemain et qu'il comptait tout écouler en une journée pour fracasser ses objectifs de ventes, avec une belle prime à la clef pour lui.

— Jeune homme, en tant que directeur et vu la situation et ce qu'annonce la météo, je m'oppose à cet achat en masse. Revenez demain, je dois en recevoir. Ça me fera plaisir de vous en vendre.

Le directeur du Canada Depot s'est tourné vers les clients qui ont tous approuvé. En général, c'est pour se plaindre qu'ils s'adressaient à lui. Il a savouré cet instant magique. Boris, avec son accent russe, a tout dit, mais ça n'était pas le bon accent le jour de la grande solidarité québécoise. Il a parlé de ses poissons, de sa théorie des nœuds, vitale pour lui. Il a sorti ses feuilles couvertes de calculs compliqués pour expliquer qu'avec une bouteille de gaz, si la température était à zéro degré dans son appartement, il ne pourrait maintenir à trente-deux degrés l'eau de l'aquarium que pendant une heure trente-trois minutes. Le directeur a pris son temps pour répondre afin de s'assurer l'attention de tous les clients. Il a parlé très fort.

— Monsieur! Alors que des gens que nous tentons d'aider sont sans chauffage avec des enfants, que des personnes âgées souffrent du froid, vous prenez tout le gaz du magasin pour vos poissons. C'est scandaleux!

Les clients ont applaudi à tout rompre. Le directeur du magasin, en pleine représentation, a enlevé lui-même vingt-trois des vingt-cinq bouteilles de gaz du chariot de Boris qu'il a déposées avec soin devant la caisse, comme si c'était la nouvelle promotion du jour.

— Que ceux qui en ont besoin se servent. Mais pas plus de deux par personne. Pensez aux autres!

Boris, piteux, a poussé son chariot jusqu'à la caissière. Elle a saisi une bouteille pour en lire le prix. Elle a multiplié par deux et s'est assurée que personne ne la voie. Elle a rapidement saisi une bouteille de gaz du gros tas qui couvrait sa caisse pour la glisser discrètement dans le sac de Boris.

— J'ai aussi des poissons, je sais ce que c'est. C'est un vrai sac de nœuds si on ne s'en occupe pas!

Boris a salué cette solidarité topologique d'un simple hochement de tête, puis il est parti courir sous d'autres enseignes. Malheureusement, c'étaient des magasins à la clientèle québécoise non solidaire. Il n'a trouvé aucune autre bouteille de gaz. Les rayons étaient vides, d'autres égoïstes avaient tout pris.

Face à son aquarium, Boris savait qu'il ne pourrait pas tenir plus de quatre heures et trente minutes si le verglas devait déclencher une panne d'électricité. Alors, le chat de sa voisine qui s'était enfui, il s'en moquait. Il a regardé, sans émotion, Brutus traverser la rue. Le chaton a eu de la chance, une voiture passait, mais ne l'a pas écrasé.

Dans la vie, c'est chacun pour soi.

Où le ciel voulait-il en venir?

Quand ma mère est rentrée, je lui ai sauté au cou pour l'embrasser. J'avais beaucoup réfléchi dans l'après-midi. Il ne fallait pas que je laisse le ciel tout faire seul.

«Aide-toi, le ciel t'aidera.»

Je ne sais pas où j'avais entendu cette phrase. Mais à force de penser au ciel, ça m'était revenu. J'ai serré ma mère contre moi très fort afin qu'elle pense que ça pouvait être quelqu'un d'autre.

— De la part de papa!

Elle est restée un peu idiote dans mes bras. Je ne voulais pas me venger ou lui faire du mal, je souhaitais juste qu'ils comprennent que j'existais, et que c'était trop facile de décider sans moi.

— Il est bien arrivé au chalet?

— Oui, il m'a téléphoné. Il m'a dit que vous vous étiez rencontrés à son départ... Il est aussi tombé pas mal de verglas là-bas et il n'a plus d'électricité...

J'ai un peu figé. J'ai eu presque honte de me retrouver dans ma maison toute chaude alors que lui avait froid. Il l'avait cherché en quittant la maison, mais il ne méritait pas de mourir gelé tout seul dans notre chalet.

— Ne t'inquiète pas, mon chéri. Il a tout prévu. Tu le connais. Il utilise sa génératrice. Tu sais, celle qu'il s'est achetée l'année dernière pour rénover cet été.

Le téléphone fonctionne, tu peux l'appeler si tu le souhaites, mon chéri.

— Tout à l'heure…

— C'est comme tu veux, mon chéri, on est toujours là pour toi.

Pourquoi elle m'appelait «mon chéri»? Elle ne m'avait jamais appelé comme ça. J'ai un prénom, quand même! Ça m'a énervé tout de suite et, dans ces moments-là, je ne veux pas être gentil. J'avais mon plan.

— On y retournera, au chalet?

— Ben oui, mon chéri…

J'ai respiré un grand coup. Elle était tombée dans le piège.

— Tous ensemble?

À voir sa face, elle ne l'avait pas vu venir. Je savais que cela l'avait touchée. Ça ne m'a rien fait. Je ne voulais pas lui dire qu'il fallait que je m'aide. Elle, par contre, ne s'est vraiment pas aidée.

— Pas forcément, mon chéri, l'important, c'est que tu passes de beaux moments… Puis si on calcule, en partageant le temps entre papa et moi, ça te fera deux fois plus de vacances au chalet. Chanceux!

Je l'ai juste regardée. Elle a compris que je ne me comptais pas chanceux du tout. Elle a fermé les yeux un instant et s'est approchée de moi. J'ai senti ses deux mains, toutes douces, sur mes joues. Elle a pris son temps.

— Excuse-moi, mon chéri, je sais que ça n'est pas facile pour toi… Ce n'est pas plus facile pour moi, pour nous. Ce sont des moments que personne ne souhaite, mais c'est la vie. Le temps va tout arranger, puis on va tout faire pour que ça soit le mieux pour toi. Pour papa et moi, t'es la chose la plus importante au monde.

La «chose»! Il y a d'autres mots à choisir quand on est enseignante. Elle m'a embrassé tendrement. Elle était émue. Je suis certain qu'elle n'est pas allée dans la cuisine seulement pour me préparer à manger. J'espérais qu'elle avait pleuré, peut-être pas beaucoup, mais au moins quelques larmes. À chacun son tour.

Ça n'a pas répondu. Pourtant, j'avais laissé sonner longtemps. J'ai refait le numéro du chalet et j'ai encore attendu. Mon père ne répondait pas. Où pouvait-il être?

— Il doit être parti manger quelque part. Sans électricité, c'est difficile de se faire à manger! Surtout quand on ne sait pas cuisiner!

Ma mère voulait détendre l'atmosphère, mais ça ne m'a pas détendu. J'avais bien noté une sorte d'affection dans ses mots, mais savoir que mon père n'allait peut-être pas manger à sa faim m'a mis le moral à zéro. Un enfant ne mérite pas ça. Normalement, on aurait dû être tous ensemble, papa devant sa télé, maman en train de lire dans la cuisine et moi quelque part entre les deux. Ma mère n'était pas sereine. Je crois que, pour elle aussi, cette situation n'était pas aussi facile qu'elle l'avait prévu. J'étais en train de découvrir la vie d'un enfant partagé et, elle, celle d'un demi-parent.

Ma mère a voulu écouter la télévision. Elle s'est assise sur l'accoudoir du fauteuil de mon père. Je ne sais pas pourquoi. Peut-être qu'au fond d'elle, c'était comme s'il était là? Peut-être qu'elle aurait voulu, elle aussi, qu'il soit avec nous, télécommande en main? C'est souvent des moments qu'on n'aimait pas qui nous manquent le plus.

— Enfin, je vais pouvoir choisir le programme ce soir!

Elle a choisi le canal des nouvelles, celui que mon père allumait toujours en premier.

Il en faisait peut-être un peu beaucoup, le ciel. On ne parlait que de son œuvre. Elle n'était pas au goût de ma mère.

— Maudit verglas… C'était bien le moment!

Sur l'écran de la télévision, on ne voyait que du verglas.

— Tu devrais filmer, ça te fera des souvenirs.

— J'ai pas vraiment envie de m'en souvenir…

Elle a grimacé comme si tout ce qu'elle disait se retournait contre elle. Mais je ne pouvais quand même pas avouer que le caméscope que m'avait offert mon père était dans un bureau de l'école avec les boules de la voisine en gros plan.

— Tu sais quoi? La directrice pédagogique s'est brisé le coccyx!

— Comment elle s'est fait ça?

— Elle a glissé sur le verglas dans la cour en mettant du sel. Elle est tombée en plein sur ses fesses.

— Oh, la pauvre, ça doit tellement la faire souffrir.

Dans mon lit, j'ai pensé à la directrice pédagogique, étendue sur le ventre, dans un lit d'hôpital. Même si elle était parfois sévère, je me suis souvenu de toutes les fois où elle avait été gentille. Elle avait peut-être des enfants qui étaient tristes d'être sans elle à la maison. Et si j'avais été trop loin?

Ma mère est entrée pour me dire bonne nuit. Elle s'est assise sur le bord du lit et m'a caressé les cheveux.

— Dors bien, mon chéri…

— Je peux te poser une question?

La soirée avait été dure pour elle. Je ne peux pas dire qu'elle y a mis beaucoup d'enthousiasme.

— Bien entendu, mon chéri…

— Vous vous êtes connus comment, papa et toi?

Elle a levé les yeux au ciel.

— Ah, ben là… Écoute, mon chéri, ce n'est peut-être pas le meilleur moment…

J'ai pris l'air d'un enfant sage, très sage, qu'a juste fait une petite bêtise.

— Je ne sais pas, là, laisse-moi le temps de digérer tout ça. Tu veux bien, mon chéri?

— Une autre fois?

— Oui, une autre fois…

Elle s'est penchée pour m'embrasser.

— Tu ne lis pas trop longtemps, mon chéri…

Elle n'a pas attendu que je réponde. Elle s'est vite relevée de peur que je lui pose une autre question. Clac!

Quand j'ai éteint la lumière de ma table de chevet, j'ai entendu le cliquetis de la glace tombant sur mes fenêtres. Le ciel avait vu que je tentais de m'aider, alors il continuait de m'aider. C'était bon de savoir que quelqu'un pensait à moi. Je me suis relevé pour regarder à travers la fenêtre. Le paysage devenait étrange. On aurait dit que le petit arbre d'en face était un bonbon géant enveloppé dans un papier de cellophane. Il penchait beaucoup, sa cime allait bientôt toucher le sol.

J'ai regardé la rue, elle était vide. Au sol, sur la glace, se reflétaient les lumières des fenêtres. Soudain, il y a eu une grande lueur dans la ruelle d'en face. Puis il a fait presque tout noir. Les lumières du bloc d'en face venaient de s'éteindre. Je suis allé à ma lampe de chevet. Clic! Elle s'est allumée.

Où le ciel voulait-il en venir?

C'est un miracle!

LA FLAMME DU RÉCHAUD À GAZ s'écrasait contre le socle de la casserole en aluminium. À l'intérieur, de l'eau chauffait, un litre, pas plus pas moins. Boris Bogdanov y a plongé un thermomètre qu'il a maintenu d'une main tremblante. Lentement, le mercure est monté. Progressivement, l'eau chaude a commencé à lui brûler la main.

— Crisse de marde!

C'est à cela qu'on reconnaît un immigrant reçu, il sacre en québécois. Boris n'a pas été surpris de voir l'eau bouillir, une fois rendue à cent degrés. Cela, il l'avait appris en deuxième année du primaire à l'école Youri-Gagarine. Il a éteint instantanément la flamme. Il avait besoin d'un litre exactement et, vu la pression atmosphérique, il savait que l'évaporation serait de six centilitres à la seconde. Il n'avait que dix secondes pour effectuer les divers transvasements de liquide, car, là encore, on peut y laisser des dixièmes de degrés.

En évitant de brûler l'un de ses poissons, Boris a déversé méthodiquement l'eau chaude dans l'aquarium. En neuf secondes seulement! Il a reposé sa casserole et a saisi son volumineux bloc sur lequel étaient indiquées les trajectoires de chacun de ses poissons. Ses yeux, inquiets, sont passés successivement de ses dessins compliqués à ses quatre poissons, si simples. Soudain, le visage du jeune Russe s'est illuminé. Aucun de ses poissons n'avait modifié sa trajectoire!

— *Da... Da... Da...*

La joie de Boris n'a duré qu'un temps. Il a regardé ses bouteilles de gaz, puis sa montre. Il s'est levé pour se diriger vers sa bibliothèque, chargée de centaines d'ouvrages. Il a fouillé un instant et déniché une petite radio à piles. Il l'a allumée.

«La situation ne s'améliore pas à Montréal et sur la Rive-Sud où le verglas continue de tomber. Au rythme où il en tombe, on s'attend à ce que près d'un million de Québécois soient sans électricité demain matin. D'ores et déjà, plusieurs commissions scolaires ont annoncé que les écoles ne rouvriront pas leurs portes demain, il en va de même pour les...»

Clic! Boris Bogdanov n'a plus eu envie d'entendre, il avait compris. Il savait que cette nuit allait être longue, très longue. Il a observé ses trois bouteilles de gaz. Un instant, il s'est mis à haïr Canada Depot, le directeur et toute la clientèle québécoise, bien trop solidaire. Si la température de son aquarium venait à significativement baisser, des années de travail tomberaient à l'eau. Ses poissons morts, toute sa théorie serait à reprendre à zéro. Pour Boris Bogdanov, cela signifiait qu'il devrait à nouveau établir, de façon incontestable, quatre nouveaux profils de poissons à raison de plusieurs semaines d'observation pour chacun d'eux. Avant de prouver que Mélanie fait pipi debout, il devrait à nouveau prouver que Mélanie existe. Lui, des Mélanie, il en avait quatre. Il s'est levé et, de rage, a jeté sa casserole vide au sol.

Boum badaboum!

— Crisse de fif d'en haut! On peut pas être tranquille cinq minutes? Tabarnac!

Oui, ça avait fait du bruit, mais c'était bien la première fois que le voisin du dessus en faisait. Alex avait écouté les nouvelles, avant de se coucher. Savoir que les écoles seraient fermées l'avait plongé dans un présommeil plutôt agréable. Il s'était juste pris une couverture supplémentaire au cas où la panne d'électricité durerait longtemps. L'autre couverture, il l'avait posée sur le divan, pour la mettre plus tard sur son père.

— Crisse de Météo Canada! Ils auraient pu le dire, qu'il allait tomber du verglas! Qu'est-ce que je vais faire, moi, demain?

Alexis ne faisait jamais grand-chose le lendemain.

— Je vais les appeler et je vais leur dire comment qu'on travaille!

Il s'est levé dans le noir, sans esquisser le moindre geste pour décrocher le téléphone, pourtant à ses côtés. Il s'est dirigé sans aucune hésitation vers la cuisine. D'une main ferme, il a ouvert le réfrigérateur, qui est resté obscur, et il a pris une bouteille de bière. Alexis a refermé la porte et s'est dirigé vers le couloir.

Bang!

— Qui c'est qui laisse traîner ses choses, tabarnac?

Rien ne traînait. C'était juste le cadre de la porte. Une main sur la tête, il a rejoint difficilement son divan dans lequel il s'est allongé en se couvrant de la couverture que lui avait laissée Alex. Comme un bébé, il a tété sa bière jusqu'au bout. Puis il s'est placé sur le ventre, pour tout oublier, en espérant rêver à Do.

Boum! Boum! Boum!

À trois heures du matin, des bruits de pas dévalant l'escalier ont couvert un court instant le ronflement d'Alexis. Plongé dans un profond sommeil, il a juste murmuré.

— Je... t'ai... bébé...

Puis il s'est retourné, en position fœtale, pour ronfler encore plus fort sans remarquer que son fils, Alex, venait de replacer la couverture sur lui. Dehors, la glace n'en finissait plus de tomber. Le cliquetis fut soudain couvert par un cri déchirant, inhumain, provenant de la rue.

— *Niiieeeeettttt!*

Boris Bogdanov, théâtral, était écroulé sur les marches de son duplex. La glace lui tombait sur la tête pour se mêler à ses larmes.

— Mais qu'est-ce que j'ai fait au bon Dieu pour que ça m'arrive?

Boris Bogdanov ne croyait pas en Dieu, mais ne pouvait se résoudre à accepter une explication irrationnelle au malheur qui l'accablait. Pour un mathématicien, tout doit pouvoir se prouver. Mais ce verglas, il ne se l'expliquait pas. S'il existait, ça ne pouvait être que de la faute à Dieu.

Brutus non plus ne comprenait pas ce qui se passait. S'il avait su, il ne se serait jamais enfui de chez lui en plein hiver, un jour de pluie verglaçante. En entendant Boris gémir, il a sorti sa tête de dessous l'escalier et, sans hésiter, il a sauté sur ses genoux. Boris ne s'est même pas défendu. Il pleurait dans une sorte de mélopée rythmée, ça a fait ronronner Brutus. Une portière d'auto a claqué.

Lorsque Julie a laissé repartir son taxi, elle a tout de suite remarqué l'homme prostré sur l'escalier de la maison d'en face, mais dans le noir, elle n'a pu l'identifier. Elle a ouvert la porte de son appartement et a allumé la lumière de l'entrée. Méfiante, elle s'est retournée. Elle a entendu les pleurs et a soupiré de dégoût.

— Pas la peine de venir pleurer ici, va pleurer chez ta femme!

— Miaou!

Elle a levé les yeux au ciel.

— Tu ne vas pas me faire le coup du chat. Laisse ça aux enfants!

— Miaou!

— Brutus?

— Miaou!

— Bon, allez, rends-moi mon chat!

Julie a vu que l'homme ne bougeait pas.

— J'suis fatiguée, là... Y avait personne... J'ai pas fait cent piastres, alors je vais pas être bien patiente!

En s'approchant, elle a repéré son chaton sur les genoux de l'homme qui pleurait toujours, tête baissée.

— Allez, rends-moi Brutus et va te coucher chez toi!

Boris, qui venait de comprendre que c'était à lui qu'on parlait, a juste relevé la tête. Julie s'est arrêtée net, toute bête.

— Je suis désolée, je t'ai pris pour quelqu'un d'autre...

— Prenez-moi pour qui vous voulez...

Un homme qui pleure, ça n'arrive jamais dans un bar de danseuses. En fait, Julie n'avait jamais vu un homme pleurer. C'était toujours elle qui pleurait. Elle a tendu les bras pour attraper Brutus, mais celui-ci est resté blotti sur les genoux de Boris, qui pourtant n'avait rien fait pour le retenir.

— On dirait qu'il ne veut pas t'abandonner…

— Il est à vous? Il doit avoir froid…

— Ça va?

— Non, ça ne va pas.

— Qu'est-ce qui t'arrive? Un chagrin d'amour?

— Mes poissons vont mourir…

Boris, à ce mot, n'a pu retenir un énorme sanglot. Julie, qui pourtant avait un cœur, n'en revenait pas qu'un homme puisse pleurer pour des poissons.

— Tu les aimes tant que ça?

Boris a semblé un instant s'extraire de sa peine. Il a réfléchi.

— Sans eux, ma vie n'aura plus aucun sens…

Les amours brisées, c'était sa spécialité, à Julie. Elle ne savait pas qu'on pouvait pleurer pour des poissons, mais elle, finalement, n'avait pour seuls vrais amis que ses trois chats.

— Si tu veux, je peux les prendre chez nous…

— Je ne peux pas les laisser seuls… ·

Julie a souri, entendu, encore un piège à filles!

— Ça n'est pas ce que vous pensez. L'eau doit être à trente-deux degrés. Je dois remettre ma thèse en juin. Ma théorie des nœuds est une révolution mathématique. Je suis presque arrivé au bout… Je ne veux pas tout perdre!

Dans un dernier snif, Boris Bogdanov a essuyé ses larmes du revers de la main et il a fixé Julie. Il avait l'air si pur, si honnête. Puis, même s'il avait les pommettes un peu trop saillantes, comme tous les Slaves, elle lui trouvait un charme venu d'ailleurs. Du jamais vu au Sex Paradisio. Elle n'avait pas compris un seul mot de ses poissons mathématiques. Elle a juste eu envie de le croire, envie d'espérer qu'on ne lui mentait pas.

— T'en as combien, de poissons?

— Quatre tout petits...

— Il est gros, ton aquarium?

— Moyen...

— C'est quoi, moyen, pour toi?

Boris Bogdanov a juste écarté ses bras en enlevant environ soixante centimètres à la longueur réelle de son aquarium. Julie l'a trouvé bien petit pour abriter quatre poissons, mais la situation précaire de ce voisin l'avait touchée.

— Une seule nuit parce que j'attends du monde bientôt. Je te préviens, tu restes bien sage sur le divan. Je suis armée et j'ai fait trois ans d'autodéfense!

Boris Bogdanov s'est levé d'un coup. Brutus, qui n'avait pas vu le coup venir, est parti dans les airs. Comme tout bon chat, il est retombé sur ses pattes. Sur la glace, il a juste glissé. Il s'est vite remis debout, a traversé la rue et a filé, sans crier miaou, vers la porte entrouverte de sa maîtresse. On a entendu deux miaulements pas aimables. Sur le divan, il n'était toujours pas le bienvenu.

Julie n'a pas eu le temps d'esquisser la moindre parade d'autodéfense. Boris Bogdanov s'était jeté d'un coup sur elle pour l'enlacer. Il lui tapait chaleureusement le dos dans une accolade virile, très slave, à ne plus pouvoir s'arrêter.

— C'est bon, là, j'ai compris que t'es content... Allez! Va chercher tes poissons...

Boris a remonté les escaliers quatre à quatre. Chez lui, il s'est immédiatement dirigé vers son salon. Il a fixé un moment ses quatre poissons qui nageaient deux par deux. Il a plongé son thermomètre dans l'eau: vingt-trois degrés! Non seulement ses poissons risquaient d'oublier à tout jamais leur trajectoire, mais maintenant ils faisaient des nœuds vers la mort. Il fallait les sauver!

Boris a écarté ses bras pour soulever l'aquarium. Impossible de le bouger d'un centimètre! Il y avait beaucoup trop d'eau et de rocaille au fond. Il a saisi la casserole qu'il a plongée dans l'aquarium pour courir la vider dans la cuvette des toilettes. Après quelques voyages, il s'est rendu à l'évidence que cette manœuvre lui prendrait des heures et, qu'à ce moment-là, c'est congelés qu'il retrouverait ses quatre petits trésors. Il ne lui restait qu'une solution. Il a pris son épuisette.

Boum! Boum! Boum! Dans l'escalier.

Toujours sur son divan, Alexis n'a pas bronché, perdu dans un rêve. Alex, assis par terre, adossé au lit, savourait.

— Je... t'ai... bébé...

Boris Bogdanov a frappé à grands coups chez Julie. Il avait mis plus d'une demi-heure à attraper ses quatre poissons. Dans une gang, il y en a toujours un qui ne veut pas faire comme les autres. Dans sa robe de chambre rouge, dont elle maintenait fermement le col fermé bien haut, Julie a ouvert. Elle sortait de son lit.

— Je ne t'attendais plus!

Elle a vu la casserole dans la main de Boris et les quatre poissons qui s'y bousculaient dans un terrible nœud.

— C'est gentil, mais j'ai déjà mangé, moi!

Boris Bogdanov n'a jamais eu d'humour, encore moins à la vue de ses petits trésors s'époumonant dans leur cercueil de fer.

— Elle est où, votre salle de bain?

— Ne va pas te mettre à rêver…

— C'est pour les poissons!

Julie s'est sentie un peu idiote. Elle a pointé son doigt en direction du couloir. Sans un merci ni un regard, Boris Bogdanov a couru s'enfermer. Clac! Julie a ouvert un placard et en a sorti une couverture qu'elle a déposée sur le divan, en prenant soin de ne pas déranger les deux chats qui y dormaient. Puis elle s'est approchée de la porte de la salle de bain.

— Je t'ai mis de quoi dormir sur le divan. Ne cherche pas à dormir ailleurs! Sinon, c'est aux urgences que tu vas te réveiller!

— *Da!* Merci beaucoup!

— Les serviettes sont sous le lavabo!

— *Da!* Merci beaucoup!

— Ils sont où, tes poissons?

— Avec moi!

— Je peux les voir? Ils étaient les uns sur les autres dans la casserole.

— *Niet!* Je suis trop occupé!

Surprise, Julie a saisi la poignée de la porte de la salle de bain. Elle a pensé un moment la tourner et entrer sans crier gare. N'était-elle pas chez elle? Mais cette intrusion, totalement inattendue et unique en son genre, la changeait de sa routine. Il y avait de la vie et, quand il y a de la vie, il y a de l'espoir. Elle est allée dans sa chambre et a regardé à la fenêtre cette glace qui tombait. Oui, cette tempête de verglas avait vidé le Sex Paradisio, du jamais vu dans le monde des hommes qui aiment les filles, mais elle ne le regrettait pas. Il n'y a pas que l'argent dans la vie.

Le jour se levait et Julie n'avait pu trouver le sommeil. Le bruit de l'eau qui coulait, puis qui s'arrêtait, puis qui coulait encore, en provenance de la salle de bain, ne s'était jamais arrêté. Les trente premières minutes, elle avait mis ça sur le compte de l'inattendu et de l'unique. Ça chantait comme une berceuse. Mais les plus doux refrains, par trop répétés, vous montent à la tête pour en devenir insupportables.

— Je m'en vais le calmer, le mathématicien!

Oubliant d'enfiler sa robe de chambre, Julie a bondi dans le couloir, simplement recouverte d'une fine et transparente nuisette. Sans frapper, elle a ouvert d'un coup la porte de la salle de bain. Elle était chez elle, tout de même!

— Alors toi et tes poissons, tu vas...

— Chut!

À l'ordre, Boris a joint le geste, doigt sur la bouche. Sans savoir pourquoi, Julie a obéi. À genoux face à la baignoire, perdu au milieu d'un tas de feuilles gribouillées et de débarbouillettes, il lui a fait signe de s'approcher. Elle a hésité un instant. La courte nuisette ne cachait rien. Boris n'a même pas pensé à regarder.

— Venez voir dans la baignoire!

Julie, docile, s'est agenouillée. De dos, la scène était d'une indécence torride. Dénudées, les fesses de Julie rebondissaient à côté des jeans usés de Boris. Quand elle s'est penchée en avant pour regarder l'eau, ses seins ont semblé vouloir s'évader du fin tissu de la nuisette, mais Boris n'a rien vu, accaparé par son aquarium d'infortune. Au fond de la baignoire, à la place du bouchon, il y avait une débarbouillette. À travers la toile s'échappaient cent dix-neuf centilitres à la minute. En laissant couler un mince filet d'eau à quarante-deux degrés, identique en volume, Boris avait réussi l'incroyable défi de stabiliser la température de l'eau à trente-deux degrés constants.

— Tout est écrit là!

Julie a bien pris la feuille que lui tendait le génie russe, mais elle l'a à peine regardée. Ce n'était pas son genre, les équations thermiques à coup de débarbouillettes. Ce qui l'a émerveillée, c'est de voir des poissons dans sa baignoire. Décidément, sa nuit était incroyable, la plus belle depuis bien longtemps. Même Brutus a trouvé cela joli lorsqu'il a réussi à monter sur le lavabo pour voir le spectacle marin. Julie a pointé un des poissons.

— Il s'appelle comment, celui qui est tout vert avec des rayures orange?

— Numéro un!

Boris, sans aucune attention pour la jambe nue, a retiré du dessous du genou de Julie un petit bloc de feuilles. Il est revenu à la baignoire, a tourné quelques pages pour s'arrêter à un dessin sur lequel était tracée, en différentes couleurs, la trajectoire de base de chacun des poissons. Il a désigné la trajectoire verte, pointillée d'orange.

— C'est lui!

Penché, le visage au ras de l'eau, Boris a suivi un long moment le cheminement rituel de «Numéro un». Il s'est intéressé ensuite aux trajectoires de «Numéro deux», puis «Numéro trois». Il a terminé par l'observation méticuleuse de «Numéro quatre». De ses mains, il s'est appuyé sur le rebord de la baignoire pour se redresser d'un coup. Julie s'est alors tournée vers lui. Il a fait de même, les yeux exorbités. Elle a eu pour simple réflexe de se cacher la poitrine. Il s'est instantanément retourné vers l'eau.

— Regardez! Regardez! Ils ont tous repris leur chemin!

Boris, de ses deux mains viriles, a saisi les épaules dénudées de Julie. Il les a secouées sans retenue, faisant ballotter les seins de sa charmante hôtesse aux limites de l'accident de nuisette. Elle s'est laissé faire, il ne les regardait pas. De ses grands yeux bleus, il l'a fixée intensément.

— C'est un miracle!

Mardi 6 janvier 1998

«Vers midi, toujours sous le poids du verglas, des pylônes s'effondrent dans la région de Drummondville. À Montréal, c'est maintenant sept cent mille logements qui sont privés d'électricité. La Croix-Rouge installe ses premiers centres d'hébergement. La météo prévoit d'autres vagues de pluie verglaçante. On bat déjà des records.»

Ça se peut pour vrai,
des affaires de même?

— Ne va pas leur dire que c'est toi, sinon ils vont t'étrangler!

Un camion d'Hydro-Québec venait de s'arrêter devant nous. Les deux hommes dans la cabine, yeux rouges, traits tirés, mangeaient chacun un sandwich tout en consultant la longue liste de leurs prochaines interventions. Ça m'a fait réfléchir. Pas Alex.

— T'as vu? On dirait des Gremlins avec leurs cheveux ébouriffés!

Ils avaient peut-être des enfants qui étaient tristes de ne pas pouvoir être avec eux? Leurs femmes avaient peut-être préparé à manger, mais ils n'avaient pas pu rentrer chez eux? J'ai repensé aux images que j'avais vues, le midi, au bulletin des nouvelles. Sur l'écran, d'énormes pylônes électriques, pliés par le poids de la glace, étaient tombés au sol.

«La situation ne risque pas de s'améliorer puisqu'on prévoit des chutes de verglas pour toute la journée de demain. C'est maintenant près de sept cent mille foyers qui sont privés d'électricité...»

Mon père était du nombre. Il avait téléphoné le matin pour nous raconter sa journée, mais surtout nous annoncer que la génératrice avait bien tenu.

— Ça n'a pas d'allure comme ça consomme ! J'ai dû aller deux fois à la station d'essence !

Il n'avait pas été le seul à venir remplir des bidons pour des génératrices. Le gérant de la station-service avait dû prendre les affaires en main. Ça se bousculait, ça se chicanait.

— Pas plus de vingt litres par personne !

À ce moment-là, mon père a raconté que deux Hell's Angels étaient arrivés à moto malgré les routes glacées. Ils n'avaient peur de rien, mais tout le monde a eu peur d'eux, surtout le gérant.

— Vingt bidons de vingt litres ? Y a pas de problème, je comprends ça que vos plantes doivent rester au chaud pour bien pousser !

Papa n'avait pas dit qu'il était de la police.

— Ils étaient deux. J'étais tout seul, armé seulement d'un bidon… En plus, il était vide !

Quand mon père avait raccroché, ma mère n'avait pas vraiment cherché à me parler. Je crois que les discussions de la veille l'avaient un peu fatiguée.

— J'ai un tas de copies à corriger !

C'était bien tombé, j'avais pu rejoindre Alex dehors. Il m'a raconté sa nuit sans électricité. J'aurais pu aller voir ma mère, juste pour qu'il prenne une douche. J'ai été lâche. Je n'avais pas envie de lui faire voir ma nouvelle vie. D'ailleurs, il n'a pas demandé à se doucher.

— Tu sais que le gars du dessus, il va chez la voisine pour la baiser.

— Tu me niaises !

— Il a fait tellement de bruit au-dessus que ça m'a réveillé.

— S'il a fait du bruit au-dessus, c'est qu'il était au-dessus, pas en face.

— Je l'ai vu entrer chez elle avec une casserole.

— Une casserole?

— Il lui a fait un petit plat.

— En pleine nuit?

— C'est pas le plat qui compte, c'est le dessert!

— Le dessert?

— Ben oui, le dessert, c'est quand on va dans le lit après avoir mangé…

Je n'aime pas quand on parle de ces choses-là.

— Lui, au moins, il a dormi au chaud!

J'avais remarqué les cheveux emmêlés d'Alex, cet air fripé des gens qui ont dormi habillés. Il m'a regardé. Il a senti ma gêne. J'ai deviné qu'il allait se moquer de moi.

— Je me disais qu'avec tes pouvoirs magiques, tu pourrais peut-être faire quelque chose. J'ai pas le goût d'avoir froid ce soir…

Je n'ai pas su quoi répondre.

— Tu es bien le petit voisin d'en face?

On a sursauté tous les deux. Un des frères se tenait devant nous et fixait Alex.

— Oui, monsieur.

— Je m'appelle Simon. Avec Michel, nous habitons en face de chez toi. On a su que vous n'aviez pas d'électricité. On a entendu du bruit dans l'appartement d'à côté cette nuit et on a compris que la gentille demoiselle avait hébergé votre voisin du dessus jusque tard dans la nuit. Un Russe, à ce qu'on a entendu…

Simon a eu un sourire de grande personne, certain qu'on n'avait pas compris. Le dessert avait dû être copieux.

— Quel est ton prénom?

— Alex…

— Mon cher Alex, dis à ton père qu'on a une chambre de libre pour vous héberger. Michel travaille à Météo Canada. Ça va durer, les enfants. La situation empire.

Alex m'a pointé du doigt. Allait-il lui dire que c'était à cause de moi, tout ça?

— Pourquoi, lui, il a du courant?

— Parce qu'il est chanceux d'habiter du même bord que nous. On est raccordés à la maison pour personnes âgées qui est à côté. Nous habitons dans une zone prioritaire.

Alex, abasourdi, s'est tourné vers moi.

— T'as vraiment pensé à tout…

— Dis bien à ton père que vous êtes les bienvenus.

— Merci monsieur, je vais lui en parler… Mais il est un peu sauvage…

— Dis-lui de se sentir bien à l'aise.

— C'est pas son genre, ça…

— Dans une situation pareille, c'est normal de tendre la main. Quand le ciel ne t'aide pas, il faut bien s'aider. Pas vrai?

J'ai pris ça pour un reproche. S'il était à ma place, il comprendrait peut-être que, des fois, on est obligé d'agir pour s'en sortir. J'ai serré les mâchoires. Puis il a ouvert la porte de chez lui.

— On vous attend. Passez quand vous voulez. J'insiste! Vous êtes les bienvenus.

Clac! La porte s'est refermée. Alex s'est tourné vers moi. Il m'a regardé longtemps, vraiment longtemps. Je savais qu'il était en train de basculer.

— Ça se peut pour vrai, des affaires de même?

C'est beau, un homme qui revient

Dans son lit, les cheveux défaits, Julie a difficilement ouvert les yeux. Déjà trois heures de l'après-midi. Sa tête lui faisait mal. Qu'est-ce qu'elle avait bien pu faire pour se retrouver dans cet état? Ça lui est revenu : le Russe, la baignoire, les débarbouillettes, les additions, les multiplications, les soustractions, les poissons...

— Il faut arroser ça !
— Là, maintenant ?
— Vous avez quelque chose à boire ?
— Une vieille bouteille de tequila...
— *Davaï !*

Toujours en nuisette, Julie a cru qu'il voulait la faire boire pour abuser d'elle et il a perdu tout le crédit accumulé dans la soirée. Elle a vite enfilé sa robe de chambre rouge. Boris, lui, a enfilé les verres. Au bout d'un moment, Julie a fait de même. Puis il s'est assis par terre, adossé à la baignoire. Elle a hésité à le rejoindre. Elle s'est assise sur la toilette. L'alcool délie les langues.

— La mathématique, c'est de la poésie. Il faut que chaque ligne, chaque formule, rime avec celle qui suivra pour former un long et beau poème. Une formule mathématique, c'est une œuvre d'art. Un texte qu'on n'écrit qu'une fois, sans droit à l'erreur, pour qu'il en devienne unique !

— Que c'est beau, ce que tu dis…

Boris Bogdanov, pour la première fois, a regardé Julie. Il a pris son temps. Elle a souri, assise sur sa toilette. Un chercheur a toujours le sentiment de devoir convaincre le monde entier, de vivre un combat terrible dans une immense solitude, pour une cause qu'il est le seul à comprendre. Être en bonne compagnie, Boris n'y était pas habitué. Il a levé son verre vide.

— *Davaï!*

— Le dernier… Ça pourrait te faire oublier la retenue dans une de tes additions…

Boris a esquissé un petit sourire. Les Russes, qu'ils soient chercheurs ou hockeyeurs, considèrent un verre bu comme une simple escale vers un autre verre à boire. L'important est de ne surtout pas s'arrêter, de tout oublier, de se laisser aller.

— Et vous, vous faites quoi dans la vie?

— Je travaille dans, euh… une sorte de parc de loisirs.

— Pour les enfants?

— Plutôt pour les grands…

— Ça vous plaît?

— Ça dépend des soirs…

— Pourquoi?

— On rentre tard, on est un peu les unes sur les autres, on s'enrhume facilement, les gens viennent pour s'amuser, mais ils ne sont pas toujours gentils…

— Alors pourquoi restez-vous travailler dans ce parc de loisirs?

— Je compte arrêter dans… Je sais pas quand encore.

— Vous aimeriez faire quoi ensuite?

— J'y ai jamais réfléchi…

Boris a dévissé le bouchon en métal de la bouteille de tequila. Julie s'en est voulu de sa réponse. Ça n'était vraiment pas brillant devant un chercheur de dire qu'on ne réfléchissait pas. Pour meubler, elle a tendu son petit verre sur lequel était imprimé, en bleu, Absolut Vodka, un cadeau qu'elle avait reçu d'un représentant en alcool qui n'avait plus d'argent sur lui pour payer la dernière danse. Elle en voulait quatre, il avait dit oui. Elle avait dansé, il ne lui en avait donné que deux. Boris, ça lui a rappelé son pays.

— Puisque nous avons des verres à vodka, je vais vous faire voir comment on la boit en Russie.

Il a rempli les deux verres puis a tendu son bras vers Julie. Elle a voulu trinquer. Mais il s'est approché d'elle, à genoux, et a passé son bras dans le sien. Il a ramené le verre à sa bouche. Elle l'a imité. Emmêlés l'un dans l'autre, dans un nœud de base, ils ont porté l'élixir mexicain à leur bouche en pensant très fort que c'était de la vodka. Boris a marqué une petite pause et a fixé Julie dont les joues rosies trahissaient les premiers verres et peut-être un peu plus que cela.

— *Na Zdorovie!*
— Na Ndorovie!
— Non! *Na Zdorovie!*
— *Na Zdorovie!*

Une seule gorgée a suffi à Boris pour avaler sa rasade de tequila. Il a expiré. Son haleine, soudain mexicaine, a décidé Julie à se lancer. Elle a renversé sa tête et, d'une traite, a vidé son verre. Dans le même élan, elle l'a jeté en arrière. Il s'est fracassé contre le mur. Gling!

— Pourquoi vous avez fait ça?
— Ben, c'est la tradition.

— Il n'y a que dans les films américains que les Russes jettent leur verre. Au prix que ça coûte et vu le nombre de litres qu'on boit, on n'a pas les moyens d'en casser autant dans un pays si pauvre!

Julie ne voulait pas d'incident diplomatique, surtout que mis à part *Bons Baisers de Russie*, elle ne connaissait rien au cinéma russe. Boris a tapoté le sol de sa paume et a rempli son verre. Julie est venue s'asseoir à l'endroit précis qu'il avait désigné.

— On va faire chacun son tour.

Il a rempli le verre, le lui a tendu, elle a bu. Il a rempli à nouveau le verre, ne l'a pas tendu, il l'a bu. L'opération a été renouvelée trois fois sans un mot avant que Julie n'en revienne à ses poissons.

— Pourquoi tu calcules tout ça avec tes poissons?

— Je veux démontrer de façon mathématique, dans une théorie topologique, donc des nœuds, qu'on ne choisit pas son chemin, mais que les autres le choisissent pour vous.

— C'est peut-être pas la peine de faire des calculs pour prouver ça...

— Qu'est-ce que vous voulez dire?

— Moi, par exemple. On décide toujours pour moi...

Un long silence s'est installé. Boris s'est tourné vers Julie, soudain si triste. L'alcool se conjugue à tous les temps, parfois à l'imparfait. La mélancolie est alors une étape obligée vers le nirvana éthylique. Boris s'est mis à chanter en russe. Sans comprendre un seul mot, Julie a pleuré de toutes ses larmes. Ça avait l'air si triste. La nuit allait être longue.

— Déjà trois heures de l'après-midi!

L'amertume encore en elle, avec un affreux mal de tête, Julie est sortie de sa chambre. Sur le divan du salon, il n'y avait que les deux chats. Une boule, petite, s'est formée dans son ventre.

— Il n'est quand même pas parti, lui aussi?

Avant de s'en convaincre, elle a ouvert la porte de la salle de bain, a relevé sa nuisette, s'est assise sur la toilette et a fermé les yeux. Elle a essayé de se souvenir de l'endroit où elle avait vu pour la dernière fois son mathématicien russe. Elle les a rouverts et vu tout de suite, sur le côté, la paire de jambes au sol. Boris Bogdanov, toujours adossé à la baignoire, un doigt dans l'eau pour surveiller la température, dormait profondément. Sur ses genoux, Brutus ron-ronnait. Dans le coin, la bouteille de tequila avait rendu l'âme.

Julie, tout en faisant ce qu'elle avait à faire, a regardé le tableau, soulagée. Ça fait du bien le matin. Elle en avait rencontré, des hommes. Ils étaient nombreux à être venus chez elle. C'est au réveil qu'elle les découvrait tels qu'en eux-mêmes. Celui qui gisait devant elle n'était pas comme les autres. Il n'avait même pas essayé de la suivre dans sa chambre. Pourtant, elle ne lui aurait pas dit non.

Julie s'est levée, a enjambé ce qu'il restait de son sinistré russe, et a longuement regardé les quatre poissons. Quand Boris s'est mis à ronfler, elle s'est penchée. Ses yeux ont pétillé d'envie. Lentement, elle a enlevé sa nuisette...

— Aaaaaaaahhhhhhhh!

Boris s'attendait à tout, mais pas à ça! Brutus non plus.

Quand il a relevé sa tête si lourde et qu'il s'est tourné vers la baignoire, il a failli défaillir. Julie lui a souri. Il s'est immédiatement penché pour voir où étaient ses poissons. Tranquilles, dans l'eau à trente-deux degrés, ils traçaient leur ficelle.

— J'ai remarqué ça ce matin, c'est comme s'ils ne s'étaient pas rendu compte que la baignoire est plus grande que l'aquarium. Ils ne vont pas jusqu'au bout. Je me suis mise juste à l'endroit où ils n'allaient pas.

Sceptique, Boris a observé ses poissons. Se penchant en avant, il a suivi «Numéro deux» virer à moins de dix centimètres de la poitrine nue de Julie. «Numéro trois» a fait de même, «Numéro quatre» aussi. Quand «Numéro un» a nagé vers le sein gauche, Boris s'est penché au ras de l'eau. Le poisson orange, rayé de vert, a, lui aussi, continué son chemin sans tenir compte de l'énorme boule, qui était pourtant dans son champ de vision. Boris en a fait de même. Julie n'avait de toute façon même pas pris soin de cacher ses seins, convaincue que cet homme était unique, le seul qu'elle ait jamais rencontré, capable de la rhabiller des yeux.

— *Da... Da... Da...*

Boris a relevé la tête et s'est tourné vers la petite sirène. Julie n'a pu s'empêcher de frissonner. Dans le regard qui se posait sur elle, il y avait ce qu'elle n'avait jamais eu la chance de ressentir : du respect.

— Magnifique observation.

Julie a bien pensé étreindre Boris pour le remercier du compliment, mais elle se savait nue. Boris, de toute façon, était déjà debout et regardait sa montre. Il a pointé ses poissons.

— Ils ont mémorisé l'espace et le volume de l'aquarium, mais je ne sais pas combien de temps ça peut durer... Si je vous les confie le temps d'aller le chercher, je peux vous faire confiance?

Elle l'a juste regardé. Il l'a dévisagée un moment, a semblé un instant hésiter, puis, convaincu par ce regard si franc, il a capitulé.

— Je reviens!

Boris est sorti sans dire au revoir. Julie, à ça, elle y était habituée. Un indéfinissable sourire a cependant illuminé son visage. Une larme s'est doucement échappée de ses yeux, puis une autre. Elle n'a pas cherché à les essuyer.

C'est beau, un homme qui revient.

Là, ils seront bien!

— Ils auraient pu nous prévenir. Moi, je vous le dis, tous des fifs à la météo!

— Cher Alexis, vous ne croyez pas si bien dire…

Michel, pétrifié, a plongé le nez dans son assiette. Il aimait Simon pour son sens de la repartie, mais là, il ne le reconnaissait pas. Alexis, dans la réplique, y a vu un encouragement.

— Pis je me demande si ce sont pas des Juifs en plus!

Michel a fermé les yeux pour prier. Inquiet, il s'est tourné vers Simon. Alex sentait que quelque chose ne tournait pas rond. Seul Simon ne semblait nullement affecté.

— Qu'est-ce qui vous fait penser cela, Alexis?

— Quand c'est pas l'un, c'est l'autre!

Simon a longuement observé son invité se tranchant un beau morceau de bavette. Il a remarqué qu'il mettait les échalotes de côté. Il n'aimait pas les échalotes non plus.

— Vous travaillez chez vous, je suppose, puisque vous me semblez toujours là?

— En ce moment, c'est calme avec le verglas.

— Il a commencé hier, le verglas, p'pa.

La symphonie des fourchettes a duré un bon moment. Alexis a senti tous les regards posés sur lui.

— C'est tes affaires, Alex?

Ça n'était pas dit méchamment, mais se faire dire une vérité en public, ça n'était pas acceptable. Alexis a pris à témoin Michel et Simon.

— C'est vrai, ça! Depuis quand les enfants se mêlent des affaires des grands? Ça lui est pas encore entré dans la tête que, pendant les fêtes de Noël, ça marche pas ben fort, la rénovation!

Alexis ne voyait pas Alex grandir, le temps s'était arrêté. Il a englouti un nouveau morceau de bavette qu'il a mâché énergiquement, sans avoir la politesse de ne pas parler la bouche pleine.

— Et vous faites quoi, vous?

— Psychanalyste…

— Ouch! Pas le moment de dire n'importe quoi, hein?

— C'est très rare que les gens viennent me voir pour me dire n'importe quoi…

— Et vous?

— Je travaille à Météo Canada.

Le morceau de bavette n'est pas passé. Quand on parle la bouche pleine, c'est toujours un risque. Alex, Simon et Michel ont, tous trois, levé les yeux vers Alexis qui, très difficilement, est parvenu à déglutir son morceau de viande à peine mâché.

— Je ne disais pas ça pour vous, tout à l'heure…

— Si vous l'aviez su, vous n'auriez rien dit, bien entendu…

Alexis a baissé la tête. S'il avait pu se cacher sous son morceau de bavette, il l'aurait fait. Simon a souri, énigmatique. Un psychanalyste, c'est comme un professeur ou un policier, il ne peut jamais mettre son métier de côté.

— Et toi, mon cher Alex, comment ça se passe à l'école?

— Ben là, c'est calme…

— À cause du verglas!

Alexis a mâché son morceau de bavette avec un énorme sourire, satisfait de sa repartie. Un petit bonheur a plané. Alexis se sentait curieusement bien dans ce lieu qu'il ne connaissait pas, avec des personnes qu'il venait à peine de rencontrer et qu'il pensait détester. Il lui fallait dire quelque chose de gentil.

— Merci de nous héberger.

— C'est normal.

— Parce qu'avec l'autre fif du dessus qu'a pas arrêté de danser toute la nuit…

— Vous parlez du jeune étudiant russe d'à côté?

— Il est Russe?

— Oui, je crois. Mais hier, il était plutôt en train d'étudier le québécois…

— Plutôt la Québécoise, sans vouloir te contredire, mon cher Michel.

À la fin du repas, Alexis s'est gratté le front. Il a hésité un moment, puis s'est lancé.

— Alex m'a dit que vous étiez frères.

— En quelque sorte…

— Ah?

— Aimez-vous le whisky?

— Avec du Coke, oui.

— Je parlais de bon whisky…

— Avec du bon Coke, oui…

— Ce whisky ne se mélange pas, mon cher Alexis… Faites le tour de l'appartement pendant que je prépare le nécessaire.

Michel tournait, nerveux, dans la cuisine. Simon était-il devenu fou? Cela faisait des années qu'ils étaient installés dans ce quartier banal afin de rester discrets. Simon l'a rejoint.

— Tu as vu qui tu nous as ramené?

Simon, rassurant, a enlacé Michel.

— Calme-toi mon amour, la situation est sous contrôle.

— Ça ne se contrôle pas, un con comme ça!

— Il n'est pas con, il est juste un peu malade…

— Un grand malade, oui! Il va en parler à tout le monde!

— Il ne parle à personne… Enfin, pour le moment…

Michel a eu peur. Simon lui a caressé la joue.

— Il n'est pas plus homophobe que toi ou moi.

— Il cache bien son jeu!

— Calme-toi, Michel…

Crac! Le plancher a grincé. Michel s'est instinctivement éloigné de Simon. À la porte de la cuisine, Alex les regardait. Dans ce genre de situation, seule la fausse toux est à propos. C'est Michel qui a fait le malade.

— Hum! Hum! Une petite marche avec le chien?

— Euh! Oui, oui, bien sûr…

— Pipo! Où es-tu, vilain petit Pipo?

Après s'être assuré que Michel et Alex étaient bien sortis, Simon a posé la bouteille de Chivas Royal Salute, 21 ans d'âge, sur la petite table basse du salon. Il a extirpé le précieux flacon de son écrin de velours. Il en a dévissé le bouchon. Il n'a rempli que deux des trois verres. Il a entendu marcher dans l'appartement. Il s'est profondément installé dans le fauteuil pour attendre, serein. Alexis, perplexe, est venu s'asseoir sur le divan en face du fauteuil.

— C'est un divan-lit?

— Non...

— Ah? Ben là, y a une chose que je dois pas comprendre...

— Posez-moi votre question...

— J'ai vu qu'il y avait deux chambres à coucher pis un bureau où y a pas de lit, donc je me demandais où on allait dormir?

— Dans la chambre du fond.

— Mais vous, vous dormez où?

— Dans la chambre qui est là.

— Et votre... frère?

— Dans la chambre qui est là.

— Ah? Ça m'a l'air d'être la même...

— Michel, qui n'est pas mon frère, dort dans la même chambre que moi parce que nous dormons toujours ensemble. Comme tous les couples le font.

Alexis a plissé les yeux. Simon lui a tendu le verre de Chivas Royal Salute, 21 ans d'âge. Gloup!

— Ça ne se boit pas vraiment cul sec...

Alexis a rouvert les yeux pour fixer longuement Simon. Il a reposé le verre vide sur la table.

— Excusez-moi...

— Vous n'avez pas à vous excuser. Il en reste. La bouteille est à moitié pleine ou à moitié vide. Tout dépend comment on veut la regarder. Qu'en pensez-vous?

— Complètement vide...

Simon a opiné, en connaisseur des confessions sur divan.

— Dites-moi, Alexis? Est-ce que les Noirs vous font peur?

— Ben non, pourquoi?

— Vous ne leur en voulez jamais ?

— Ben non, jamais…

— Si je vous dis que je m'appelle Simon Birnbaum et que je suis juif, cela vous pose-t-il un problème ?

— Ben non, plus maintenant…

— Vous savez pourquoi, plus maintenant ?

— Non.

— Parce que vous m'avez identifié…

— Hein ?

— Ce qui vous fait peur, Alexis, c'est ce que vous ne pouvez identifier, les homosexuels, les Juifs… Un Noir, ça se voit qu'il est noir, donc il ne vous fait pas peur. Maintenant que vous m'avez parlé, que vous avez une idée de qui je suis, le fait que je sois homosexuel, et juif de surcroît, ne vous dérange pas… ou disons ne vous dérange plus ! Il vous faut des marqueurs de différence. Vous n'êtes pas né comme ça, Alexis, je sais que vous n'étiez certainement pas comme cela avant… Mais avant quoi ? Le savez-vous ?

Alexis a tressailli. Le souvenir de ce qu'il ne voulait plus dire lui est revenu. Quand on a mal, même si ce que vous venez d'entendre est très compliqué, cela fait du bien de faire face à quelqu'un qui peut vous aider. D'un simple regard, Alexis a demandé de l'aide. Il était conscient de ce qu'il était devenu. Il ne savait juste pas quoi faire pour en sortir. Il s'est effondré dans le moelleux dossier du divan, tête en arrière. Simon lui a rempli un second verre de Chivas Salute, 21 ans d'âge.

— Si vous le souhaitez, vous pouvez mettre vos pieds sur la table. Il est important que vous vous sentiez bien. Faites juste attention à la bouteille de whisky, s'il vous plaît…

Alexis, docile, a tendu ses jambes qu'il a reposées doucement sur la petite table, en prenant bien soin de ne pas bouger la bouteille. Simon a croisé ses mains sur ses genoux.

— Alexis? Parlez-moi de votre enfance…

Alexis n'a pris qu'une toute petite gorgée de whisky. Il l'a retenue en bouche pour que ses papilles en saisissent toutes les saveurs. Il a reposé le verre devant lui et a pris une grande bouffée d'air pour remonter le temps au plus profond de lui-même.

— Roulade!

Dans la rue, le rire d'Alex a éclaté. Il ne pouvait s'arrêter.

— Mais comment il arrive à faire ça?

Pipo, suivant la main de Michel qui tournoyait, se roulait dans la glace. Dès que son maître arrêtait le mouvement, il restait couché en remuant la queue.

— Comment il a appris ça?

— On ne sait plus trop si c'est lui qui nous l'a appris ou si c'est nous qui le lui avons appris.

— Moi, je pense que c'est vous…

— Des fois, les animaux ont les choses déjà en eux et on ne fait que les découvrir. Comme chez les êtres humains.

Alex a bien compris que Michel voulait lui passer un message, genre «le monde est beau». Il n'avait pas envie de l'entendre. Cela lui rappelait les cours de morale à l'école.

— Qu'est-ce qu'il sait faire d'autre?

Michel a claqué des doigts. Pipo s'est mis à ramper.

— Je peux essayer?

— Essaye, ça va peut-être marcher. Ça dépend de lui.

Alex a claqué des doigts. Pipo a rampé.

— Roulade!

Pipo s'est roulé par terre au rythme de la main d'Alex, stupéfait de se faire entendre.

— Il fait ça avec tout le monde?

— Non!

Alex n'en revenait pas. Lui, le bon à rien, aimait ressentir qu'il était capable d'une chose dont d'autres étaient incapables. Mais toute victoire a un prix.

— Maintenant, il faut le féliciter.

— Je lui dis quoi?

— Tu le caresses et tu lui dis que tu es content de lui. Ce qu'il souhaite faire, c'est juste te faire plaisir...

Alex a caressé Pipo qui s'est mis sur le dos.

— Là, il se soumet, tu es devenu son ami, il a confiance en toi...

— Si vite?

— Son instinct...

À ce moment, Alex a trouvé que le monde pouvait parfois être beau. Cela ne lui a pas rappelé les cours de morale où tout n'est que théorie. Il a souri à Michel. C'était gentil, ce qu'il venait de lui dire. Il a continué à flatter Pipo.

— Doucement, j'ai dit!

Boris Bogdanov n'a jamais su crier pas fort.

— Il ne faut pas le casser!

— T'es toujours stressé de même?

En faisant attention de ne pas glisser, Boris et Julie portaient l'aquarium de l'appartement sans lumière au petit nid d'en face. Boris n'avait pu le transporter seul. En se tournant, Julie a remarqué Michel, Alex et Pipo, toujours sur le dos.

— T'as retrouvé le chien de Michel?

Le petit clin d'œil tout sourire, et sans aucune animosité, n'a pas empêché Alex de virer au rouge carmin.

— Doucement!

— Oui, oui, comme tu dis, doucement.

— Dites-moi, Julie, il a l'air de savoir ce qu'il veut!

— Je ne suis pas bien certaine de ce qu'il veut exactement.

— Rassurez-vous, quand le verglas partira, tout rentrera dans l'ordre…

Julie a perdu son sourire. Elle a même failli glisser de ses hauts talons. Elle préférait ce désordre, elle le savait. Ne s'était-elle pas compromise quand, plus tôt, elle avait annoncé au patron du Sex Paradisio qu'elle ne rentrerait pas travailler le soir?

— J'héberge quatre poissons et un Russe!

— Je t'ai pourtant dit de ne pas te faire de chum dans la mafia!

— Il n'est pas de la mafia, il est dans les nœuds.

— Arrête de me niaiser, Julie, la mafia, c'est des nœuds pas coulants du tout! J'aime pas ça que tu fréquentes des Russes. Tu veux que je te raconte ce qu'ils font aux filles?

— Il fait rien aux filles, lui! Vraiment rien! Il fait juste des nœuds avec ses poissons. Il n'a plus d'électricité, plus de chauffage. Je ne peux pas le laisser seul. C'est l'histoire d'un ou deux jours. On peut être solidaire quand même!

— Je vais te dire ce que j'en fais de la solidarité! T'es congédiée! Ça marche pas de même au Sex Paradisio!

C'est vrai que la solidarité n'était pas la marque de commerce du Sex Paradisio. Entre les filles, c'était chacune pour soi et, se piquer un client, c'était la définition même de l'esprit d'équipe sur hauts talons.

Être renvoyée, Julie, ça ne lui avait rien fait. La seule chose qui l'avait interpellée était qu'à chaque nouvelle relation, donc presque chaque soir, elle prévenait immédiatement le nouveau venu qu'elle ne comptait pas arrêter de danser. Les hommes sont ainsi. Ils vous désirent parce que vous êtes danseuse, mais dès que vous couchez avec eux, ils ne veulent plus que vous dansiez, pour vous soustraire au regard des autres. Julie n'avait toujours pas de relation avec Boris, mais s'était déjà faite à l'idée de ne plus danser. Elle avait réfléchi.

— On va le mettre sur la table du salon à cause des chats!

— Où tu veux, Boris. Où tu veux.

— Là, ils seront bien!

Arrête, tu me fais trop mal!

S'IL N'Y AVAIT PAS EU DE VERGLAS, Alex ne serait pas en train de s'amuser avec le chien du voisin et notre Russe n'emménagerait pas chez la plus belle fille du quartier. J'ai quitté la fenêtre, il n'y avait plus rien à regarder. Et pourquoi il ne m'arrive rien, à moi? Peut-être qu'il se passait quelque chose ailleurs. Au chalet, mon père a répondu tout de suite.

— T'as du chauffage?

— Bien sûr.

— T'as pas froid alors?

— Mais non, j'ai la génératrice. Elle n'est pas bien grosse, mais elle fait l'ouvrage. Enfin, si je trouve de l'essence demain...

— Et qu'est-ce que tu manges?

— J'ai appris à faire le sandwich au jambon.

J'avais posé toutes mes questions.

— Et vous, ça va comment à la maison?

— Ça va. Maman est à l'ordinateur. Elle fait des calculs.

— Oui, je suis au courant...

— Tu vas aller travailler demain?

— Non, toutes les écoles sont fermées, même celle de la police.

— Tu vas faire quoi?

— Je vais essayer d'enlever la glace du toit, il commence à y en avoir vraiment beaucoup.

— T'as pas peur de glisser?

— Je vais être prudent, je te le promets. Et toi, qu'est-ce que tu vas faire demain?

— Je sais pas.

— Tu te sers un peu de ton caméscope?

— J'ai peur de glisser et de le briser.

— J'espère que tu es gentil avec maman.

J'ai compris que ma mère lui avait raconté ce que j'avais dit la veille. Elle avait dû avoir de la peine. J'ai voulu m'excuser. Il a parlé le premier.

— Tu n'avais pas trop le moral, qu'elle m'a dit…

— C'est un peu platte en ce moment…

— C'est ce maudit verglas qui complique tout. Tout va se replacer après.

Je n'ai pas eu la force de continuer. Je me sentais coupable. Les larmes me sont montées aux yeux. Je ne voulais pas que le verglas complique les choses. Je voulais qu'il les arrange. Il ne faisait rien de ce que j'avais demandé. Pourquoi j'avais fait ça?

Je suis allé dans le grand débarras qui sert de petit bureau. Ma mère tapait lentement sur le clavier de l'ordinateur. Quand elle m'a vu, elle s'est arrêtée net et, d'un clic, a refermé le document qui était à l'écran. J'ai juste eu le temps de voir que c'était un tableau de comptes Excel. On avait été initiés à l'école, deux mois plus tôt.

— Ça va, maman?

— Oui, mon chéri.

— Tu fais quoi?

— Des sortes de comptes…

— Je peux regarder la télé?

— Fais ce que tu veux, mon chéri, tu peux même te coucher plus tard, demain les écoles sont fermées…

— Merci, maman chérie!

Je l'ai enlacée. Elle est restée surprise que je me colle à elle comme ça. Je n'avais plus envie de m'aider. J'avais suffisamment été méchant la veille. À quoi bon la faire pleurer? Je l'aime, ma maman. On ne se sent finalement pas mieux quand on fait du mal aux autres. Et puis, ça n'avait servi à rien. Ce que je voulais faire était trop difficile. Un enfant, ça ne décide pas. J'aurais dû comprendre cela tout de suite. On ne peut rien faire quand des parents ont choisi de se séparer.

— Mon chéri! Je t'aime si fort. Allez! Va regarder la télé!

Cela lui a fait du bien que je l'embrasse, elle a semblé soulagée. Je baissais les bras. Séparez-vous, partagez-moi, je ne dirai plus rien.

Je me suis enfoui à la place de mon père, dans « son » fauteuil avec « sa » télécommande. Avant, c'était avant. Il fallait que j'arrête d'espérer qu'il revienne et que la vie à trois allait reprendre. J'ai passé en revue toutes les chaînes. Sur LCN, ils ne parlaient que du verglas. Ça faisait bien leur affaire. Mais le problème de l'information en boucle, c'est qu'on finit par se répéter. À force d'entendre et d'entendre la même chose, j'ai commencé à multiplier, pour rire, enfin pour ne pas pleurer. Sept cent mille foyers sans électricité fois le nombre de centres d'accueil auquel j'ajoute mille bénévoles que je multiplie par vingt-cinq millimètres de glace. Ça fait combien?

« Le bilan de cette tempête de verglas pourrait être effroyable. On parle déjà de plusieurs dizaines de millions de dollars de dégâts… Surtout que le verglas n'en a pas fini de tomber… »

J'avais honte de ce que j'avais provoqué. Si cela avait permis de résoudre mon problème, ça ne m'aurait rien fait, mais… pour rien! J'ai couru vers ma chambre. J'étais en colère. J'ai fait une courte escale dans le grand débarras qui sert de petit bureau.

— Bonne nuit, maman!

Elle n'était pas là. Mes yeux se sont posés sur le bac de l'imprimante. Sur la feuille de comptes, deux colonnes, «toi», «moi», et des tonnes de chiffres. J'ai lu «caméscope: mille dollars». Dans la colonne «toi», il était inscrit «cinq cents dollars». Pareil dans la colonne «moi». Un commentaire précisait «On était encore ensemble…».

Ça n'est pas le cadeau qui compte, c'est le geste… Facile à dire.

Tout ce qui était dans la maison était listé. J'ai compris que mon père conservait les électros mais devrait se séparer du divan et de son précieux fauteuil en cuir. Hein? Cela valait trois mille dollars? Mon père gardait la télévision à six cents dollars, mais se séparait de l'ordinateur à huit cents. J'ai vu une ligne «pension alimentaire: cinq cents dollars». Il y en avait pour un an. J'ai compris que mon père ne paierait pas jusqu'en avril parce que ma mère prenait le grand lit double, puis le grand meuble du salon, tout ça pour deux mille dollars. Au milieu des comptes, j'étais comme un meuble. Je valais à peine plus cher que le divan.

J'ai entendu la chasse d'eau dans les toilettes. Ma mère n'a pas eu le temps de sortir que j'étais déjà dans ma chambre. Clac!

Le ciel n'avait rien fait pour moi, au contraire, ma situation empirait de jour en jour, d'heure en heure. Je me suis mis à la fenêtre. J'ai fixé le ciel et j'ai crié.

— Arrête, tu me fais trop mal!

Mercredi 7 janvier 1998

«Contre toute attente, la tempête se calme. Des centaines d'équipes d'Hydro-Québec s'activent à remplacer ou réparer les poteaux, fils électriques et pylônes endommagés. Trois cent mille abonnés sont rebranchés. Tout porte à croire que la situation sera maîtrisée rapidement...»

Business is business

La première chose que Julie a vue en se levant, c'est le ballet des camions d'Hydro-Québec. Il était neuf heures du matin. Il y avait longtemps qu'elle ne s'était pas levée si tôt. Elle est allée dans le salon. Décidément, cet homme était extraordinaire. Tous les matins, il inventait un nouveau tableau.

Boris, couché sur le ventre dans le divan, avait une main posée sur un grand carton qui recouvrait l'aquarium, qu'il avait collé à lui en rapprochant la table basse. Les deux chats, qui avaient dû céder la place, certainement contre leur gré, étaient assis sur la table, le museau frôlant la vitre. Remuant de la queue, à l'affût, ils suivaient les circonvolutions des quatre poissons. Pas de doute qu'à la moindre défaillance de Boris, ils comptaient bien revoir toute sa théorie mathématique en simplifiant ses calculs de deux unités. Seul Brutus, fidèle parmi les fidèles, ronronnait sur le dos de Boris.

Sur la pointe des pieds, Julie est allée dans la cuisine. Elle a branché sa petite radio. Pas fort, juste pour savoir si tout cela allait par miracle continuer.

« Contre toute attente, la tempête de verglas qui sévit depuis deux jours semble se calmer. Des centaines d'équipes d'Hydro-Québec sont à pied d'œuvre pour rétablir l'électricité dans un maximum de foyers. On compte pouvoir en rebrancher près de trois cent mille dans la journée.»

Elle a juste marmonné entre ses dents :

— C'est bien Hydro-Québec, ça! Quand tu les appelles, ils viennent en retard et quand tu les appelles pas, ils viennent plus tôt.

Julie souhaitait du fond du cœur que tous les appartements du Québec retrouvent l'électricité et le confort... Sauf un!

On ne lâche pas un emploi à cinq cents dollars la soirée pour se retrouver, à nouveau le matin, avec la peur que quelqu'un s'en aille. À ce moment, Boris est entré dans la cuisine.

— Bon matin!

— Bon matin...

— Ça ne va pas?

— Oui, oui, ça va...

— Non, ça ne va pas, je le vois!

Quand ses poissons tournaient rond, Boris tournait rond. Dans la tristesse et la peur, elle l'avait trouvé beau. Dans la joie, elle le trouvait encore plus beau. Hier, il lui avait raconté son arrivée au Québec, sa courte carrière dans le hockey junior. Elle s'était révoltée qu'à son premier match interéquipe, après quatre buts marqués, dont trois en désavantage numérique, on l'ait retranché. Julie savait que Boris mentait. Des hockeyeurs, au Sex Paradisio, elle en avait vu des dizaines de trios. Il paraît que ça détend, après une rencontre, d'aller aux danseuses, surtout quand on joue dans la LNH. Elle avait vite vu que Boris n'avait pas le gabarit, ni le regard de faucon des grands champions.

— J'ai pensé à quelque chose, ce matin...

— Oui, Boris…

— Ici, on a de l'électricité, c'est bien. Mais ça peut s'arrêter à tout moment…

— Tout peut s'arrêter à tout moment, tu as tellement raison, Boris…

— Accrochez-vous à mon bras, s'il vous plaît.

Pour certaines, la galanterie masculine n'est qu'une condescendance envers la gent féminine. Julie aimait la galanterie parce qu'elle était tannée des claques sur les fesses et, surtout, il y avait beaucoup de glace et ça glissait vraiment trop. Depuis qu'ils avaient quitté la maison, elle ne lâchait pas le bras de son cavalier. Ce qui l'a étonnée, c'est le regard des hommes. Dans leurs yeux, elle ne lisait pas…

— Je me la ferais bien, celle-là !

Mais…

— Quelle chance il a, ce gars !

En marchant, elle a repensé encore à la soirée de la veille, un beau petit repas ordinaire, comme le font les vrais couples. Elle avait cuisiné, il avait fait la vaisselle et n'avait pas parlé que de hockey.

— J'ai quitté la Russie parce que je n'avais pas d'avenir. Au temps du communisme, les chercheurs faisaient partie de l'élite du pays. On leur offrait de beaux logements, de bons salaires, de bonnes conditions de travail. Mais à l'éclatement de l'URSS, tous ces privilèges ont disparu. Je ne devrais pas vous le dire et gardez ça pour vous, mais tout n'était pas si mauvais dans le communisme…

Julie avait promis de ne le révéler à personne. Mais elle n'avait pas dit que, de son côté, la chute du Mur et l'éclatement de l'empire soviétique, ça l'arrangeait bien. Elle était, bien entendu, très contente que des millions de personnes aient pu découvrir la démocratie. Mais à ses yeux, le plus important était que l'œuvre de Gorbatchev, en s'ouvrant à la perestroïka, avait permis à Boris de quitter le pays et d'aménager en face de chez elle. Boris avait ensuite évoqué le rationnement, pain quotidien des Russes moyens de l'avant 1990 qui n'avaient que les magasins d'État, où la pénurie régnait, pour s'approvisionner.

— C'était affreux, inhumain… Comme chez Canada Depot!

De voir Boris si triste, à replonger dans le pire du quotidien communiste, a convaincu Julie de proposer à son Russe de l'accompagner à l'endroit même où il avait piteusement battu en retraite.

Accrochée au bras de Boris comme une moule à son rocher, Julie avait sa petite idée. Elle se savait capable d'argumenter, mieux que quiconque, sur le droit des personnes, ayant profité si souvent de leurs travers.

— Pouvez-vous me faire voir où c'est écrit que je ne peux prendre que deux bouteilles de gaz?

— C'est pas écrit, mademoiselle! C'est une consigne du directeur.

— Je veux parler au directeur!

— C'est pas la peine, il va vous dire la même chose que moi!

— Je veux parler au directeur!

— Faut penser aux autres…

— Bon ben, puisque c'est comme ça!

Julie, sous les yeux stupéfaits de Boris, a commencé à vider l'étalage de bouteilles de gaz. Le chef de rayon n'a pas eu le choix. Il a saisi son talkie-walkie et tout le magasin a été au courant.

— Une urgence au rayon camping! On demande le directeur!

Boris, inquiet, s'est frotté la nuque et s'est tourné vers Julie, qui continuait de remplir le chariot.

— Avec dix bouteilles, on devrait pouvoir faire la nuit...

— Tu vas pas t'y mettre toi aussi, t'es plus en Russie!

— Qu'est-ce qu'il y a encore?

Quand Boris s'est retourné, il s'est retrouvé nez à nez avec le directeur. Celui-ci a regardé autour de lui, déçu du peu d'assistance. En fait, il n'y avait pas d'assistance.

— Encore vous! Je pensais vous avoir expliqué comment ça se passait chez nous... Alors, vous prenez deux bouteilles de gaz, vous passez à la caisse, n'oubliez pas vos dollars Canada Depot et vous ne revenez que demain!

Julie a choisi ce moment pour se retourner.

— C'est toi, le directeur du magasin?

— Bambi...

Là, le directeur a regardé à droite et à gauche, soulagé du peu d'assistance. Julie a fixé un instant les bouteilles de gaz, elle en a saisi une avec laquelle elle a jonglé.

— Dis-moi, Freddy, ta femme travaille avec toi?

Freddy a compris tout de suite. On peut être directeur d'un Canada Depot et aimer les belles filles. Cela n'est pas un crime; ça peut, au pire, être un péché. Mais si l'épouse est au courant, ce n'est pas un crime, c'est pire.

— Alors, ils vont comment, vos poissons?

La caissière a tout de suite reconnu Boris, qu'elle a accueilli avec un grand sourire et un clin d'œil. Julie n'a pas aimé cette familiarité aquariophile. Le directeur regardait partout, apeuré. Craignait-il que sa femme arrive ou qu'un client remarque cette vente massive qui contredisait son grand discours sur la solidarité québécoise ? Boris, comme un enfant, admirait les bouteilles de gaz s'empilant dans ses sacs. La caissière jubilait.

— Deux plus deux, plus deux, plus deux, plus deux, plus deux…

— C'est bon, là, on a compris !

Dans ces moments de débâcle, un directeur n'est jamais bien fin, il va s'en prendre à plus faible.

— On se dépêche ! C'est que ça court pas les rues, les bons emplois, en ce moment…

La caissière s'est tue, a baissé la tête et terminé son décompte en silence. Mais elle a parlé bien fort ensuite.

— Ça fait vingt-huit bouteilles à une et quatre-vingt-dix-neuf ! Soixante-quatre dollars et neuf cents au total. Vous payez comment ?

— Avec tout ce qu'on prend, vous ne nous faites pas une remise ?

— On va peut-être pas exagérer, le Russe !

— Freddy ! Il s'appelle Boris et j'aimerais bien que tu lui fasses une belle remise…

Le directeur s'est approché de Julie. Il ne voulait vraiment pas que quelqu'un puisse entendre.

— Bambi, tu vas te calmer, là !

— Au fait, tu ne m'as pas répondu si ta femme travaillait ici ?

— Je ne t'aurais jamais cru capable de faire une chose de même.

— Freddy, je vais te faire une confidence... Moi non plus!

Le directeur a reculé, surpris. Il s'est tourné vers la caissière.

— Dix pour cent!

— Je parlais d'une belle remise, chéri!

— Vingt...

La caissière, tout en tapant sur les touches de sa caisse, s'est mise à siffler, comme si tout était normal.

— Cinquante et un dollars et vingt-sept!

Boris, radieux, a payé. Le directeur, à la vue des billets, moue gourmande, s'est rapproché à nouveau de Julie.

— Moi aussi je veux ma petite remise, ce soir...

— Trop tard, j'ai arrêté!

— Hein?

Jusqu'alors, la crise du verglas avait été une providence venue du ciel. Les meilleures ventes en deux jours, mieux que le Boxing Day. Petite cerise sur le sundae, il pouvait en toute impunité mentir à sa femme en prétextant de longues nuits à remplir les étalages et ainsi se détendre au Sex Paradisio. Freddy s'est tourné vers son personnel. Il a vu la caissière chuchoter à une autre caissière, qui elle-même est allée chuchoter à l'oreille d'une autre. Toutes se tournaient vers lui par intermittence. Il a pris sa grosse voix de directeur.

— Vous allez me regarder de même jusqu'aux soldes du printemps? Y a des clients à servir, là!

Le naturel d'un directeur de magasin finit toujours par reprendre le dessus. Après avoir défié du regard le staff des caissières, dont toutes ne parvenaient pas à s'arrêter de rire, Freddy est passé devant le rayon vide de bouteilles de gaz. Satisfait, il s'est frotté les mains.

Aujourd'hui, le verglas ne tombait plus. Il avait un stock monstrueux de bouteilles de gaz à vendre. Vingt-huit d'un coup, ça vide pas mal l'arrière du magasin. Et ce soir, au Sex Paradisio, il trouverait bien à remplacer Bambi. À bien y regarder, Cassandra aussi avait de gros seins.

Business is business.

Je n'étais plus rien

— Ça doit être un crisse de beau divan!

Je n'aurais jamais dû parler à Alex de la feuille de calculs de ma mère. D'habitude, il n'avait rien à dire sur la vie privée des autres. J'aimais ça. C'était ma seule raison de le lui raconter. Je n'attendais rien de lui.

— Comment tu veux que ça se passe autrement?

C'est l'évidence dans le ton qui m'a fait mal.

— Quand on se sépare, faut bien partager ce qu'on a?

Je ne lui avais peut-être pas bien expliqué la sensation d'être comparé à un divan. Ma première pensée a été de me venger. J'ai regardé Alex, mais je l'ai juste dit dans ma tête, il frappe beaucoup trop fort.

— Ta mère est partie avec rien et ton père est resté avec pas grand-chose. Et le pas grand-chose, c'est toi!

Il a vu que je le regardais méchamment, mais il a souri comme s'il comprenait que je puisse être en colère. On aurait dit un curé dans un film. J'ai regardé la rue. Le petit arbre était maintenant complètement plié en deux sous le poids de la glace. Sa cime touchait le sol. Il n'avait rien pu faire pour se défendre, comme moi. J'avais eu finalement raison de demander au ciel d'arrêter. Pauvre petit arbre... Se relèverait-il ou resterait-il toujours cassé en deux pour la vie? C'était trop triste, il fallait parler d'autre chose.

— Ça se passe comment chez les deux frères?

— Ben là, ton père, il s'est bien trompé...

Même sur une simple enquête de voisinage, ses conclusions étaient fausses. Je ne voulais pas penser du mal de lui. Ça me permettait juste de me convaincre que les choses étaient ce qu'elles étaient, et que je devais cesser de croire que je pouvais les changer.

— C'est un couple homosexuel...

— Des fifs?

Il m'a regardé comme seuls savent le faire les professeurs de morale.

— Un couple homosexuel, je t'ai dit!

— C'est pareil...

— Non, c'est pas pareil...

— Depuis quand c'est pas pareil?

— Depuis que mon père me l'a dit...

Il a souri, heureux. Il était fier de pouvoir me dire que son père lui avait enfin appris quelque chose.

— Il aime beaucoup Simon... Je crois que ça lui prenait ça, d'avoir un ami... Tu peux tout lui dire...

Il m'a regardé, comme pour s'excuser.

— Mais en retour, lui aussi peut tout te dire...

J'ai compris qu'il me reparlait du divan.

— Ce matin, mon père n'était plus le même. Il s'est levé de bonne humeur.

Alex était calme et serein.

— Alors, ça m'a mis de bonne humeur...

Il m'a regardé avec une douceur dont je ne le pensais pas capable. Il a levé les yeux au ciel comme pour le remercier. Puis, d'un coup, il a ressemblé à nouveau à un enfant.

— Pourquoi le verglas il tombe plus?

— Je sais pas...

Alex savait que je mentais. Il m'avait vu à l'œuvre avec la directrice pédagogique.

— T'as perdu tes pouvoirs magiques ?

— C'est pas des pouvoirs magiques…

— Alors pourquoi le verglas il tombe plus ?

Un camion d'Hydro-Québec est sorti de la ruelle. À l'intérieur, les trois hommes avaient l'air satisfaits de la tâche accomplie. Trop satisfaits pour Alex…

— Mais qu'est-ce que t'as fait ?

Il s'est vite retourné. L'ampoule de l'escalier de son duplex était allumée. L'électricité était revenue dans son bloc !

— Pourquoi t'as fait ça ?

— C'est pas moi…

— Je sais que c'est toi !

En quelques secondes, il était redevenu le Alex d'avant. Il avait toujours cette intonation avant de frapper. Alors j'ai regardé ailleurs, vaincu.

— Je lui ai demandé d'arrêter…

— Mais pourquoi ?

— Il a rien fait pour moi…

— Tu t'es jamais demandé s'il ne faisait pas quelque chose pour les autres ?

J'aurais pu lui parler de tous ces gens privés d'électricité. Mais la vérité, c'est que c'était pour moi seul que j'avais provoqué cette tempête de verglas. En me serrant le col de sa main si forte, Alex faisait la même chose, il ne pensait qu'à lui.

— Tu vas me faire retomber ce crisse de verglas ! T'as compris, le nain ?

Alex m'a repoussé. Il s'est levé et a ouvert la porte donnant sur l'escalier de son entrée. Il a éteint la lumière. Il m'a regardé pour s'assurer que j'avais bien compris le message. Dans ses yeux, je pouvais lire la liste des risques que j'encourais. Il a traversé la rue et il a frappé chez le couple homosexuel.

— Entre, mon bon Alex! Déjà fini, la petite sortie?

— Oui!

— Regarde comme Pipo est content de te voir!

Alex est entré. La porte s'est refermée. Pourquoi le verglas changeait la vie des autres, mais pas la mienne?

Je n'ai pas eu le temps de réfléchir que la porte s'est rouverte. J'ai espéré qu'il revienne me dire pardon. Pipo est sorti d'un bond. Alex, laisse en main, m'a regardé, très dur, puis il a contemplé Pipo entamer un gros pipi.

— Assis, Pipo!

Pipo, pipi fini, s'est exécuté. Alex a fait tournoyer sa main au-dessus du petit chien.

— Roulade!

Pipo s'est mis à se rouler dans la glace. Alex a claqué des doigts et il m'a regardé avec son petit sourire cruel.

— Ramper!

Pipo a pris l'ordre pour lui, mais j'ai bien compris que ce n'est qu'à moi qu'Alex s'adressait. Je n'avais qu'un seul vrai ami dans la vie, je ne voulais pas le perdre. J'ai fixé Alex et puis j'ai levé les yeux au ciel. Je l'ai regardé longtemps. J'ai crié pour qu'il entende bien.

— Abracadabra! Le ciel vaincra!

Ça m'est venu comme ça. Je ne voulais pas qu'Alex pense que je ne faisais pas les choses correctement. Il a eu un petit sourire satisfait, puis il s'est penché vers Pipo qui n'arrêtait plus de ramper.

— Bon chien, bon chien…

J'ai regardé Alex, j'attendais ma récompense. Il a juste baissé la tête. Il n'était pas fier.

Personne n'était fier de me faire du mal, mais tout le monde m'en faisait. Je me foutais de ce que le ciel allait faire maintenant. Il n'avait jamais rien fait pour moi. Au contraire, il m'avait détruit. Je valais à peine plus cher que le divan et mon seul ami me traitait comme un chien.

Je n'étais plus rien.

Personne ne comprend tout

APRÈS AVOIR DÉVALISÉ CANADA DEPOT de ses bouteilles de gaz, Boris avait absolument tenu à inviter Julie à dîner dans un petit restaurant russe pour la remercier de son aide si précieuse.

— Je ne sais pas ce que vous lui avez dit, au directeur, mais vous savez parler aux hommes!

— Pas à tous, Boris…

Comme seul Montréal sait en offrir, cet îlot était un petit morceau de vraie Russie à des milliers de kilomètres de la Volga. Ici, et seulement pour les Russes, on pouvait boire de la vodka comme là-bas. La cuisine était comme là-bas. Et, comme là-bas, on faisait du marché noir. Si les Russes arrivent à quitter la Russie, la Russie ne quitte jamais le Russe. C'était plus fort qu'eux, n'importe quel bien acheté au marché noir était meilleur que celui que l'on trouvait dans un magasin d'État. Pas question pour les émigrants russes d'aller chez Canada Depot, une sorte d'éthique en forme d'hommage au pays d'origine. Dans ce petit bar, on trouvait des bougies, des piles, des génératrices, mais pas de bouteilles de gaz…

Si Boris l'avait su, il aurait invité Julie à La Belle Province.

En connaisseur, Igor, le patron, a regardé entrer le couple, les bras chargés de sacs en plastique pleins de bouteilles de gaz. Rapidement, il les a entraînés dans la cuisine. Au fourneau, blonde canari, racines de cheveux noir corbeau, la cuisinière a juste levé la tête et s'est remise à couper en tranches une belle carpe avec son gros couteau. Julie a humé les oignons au paprika qui rugissaient dans une énorme marmite.

— Que préparez-vous de bon?

— Carpe panée oignons!

— J'aime pas trop les oignons, y a quoi d'autre?

— Carpe panée oignons!

On ne discute pas avec une cuisinière russe, surtout quand elle vous lance de gros yeux noirs. Julie s'est retournée vers Igor et Boris. Même sans comprendre la langue, elle a deviné que la fraternité russe venait de s'évanouir sur l'autel de la cupidité. Aux gestes et au ton, Julie a tout compris. Igor voulait acheter les bouteilles de gaz. Il avait en main deux billets de vingt dollars qu'il tendait à Boris.

— *Daï!*

— *Niet!*

— *Niet???*

Sourire en coin, Igor a sorti un billet de dix dollars qu'il a joint aux deux billets de vingt. Aux gestes de Boris, à la passion qui transpirait de ses yeux, Julie a compris qu'il évoquait sa théorie topologique. Igor a attrapé Boris par le cou.

— Tu veux que tes quatre poissons accompagnent la carpe d'Olga dans la casserole?

Olga a serré le manche de son couteau et a fixé Julie avec calme. Le genre de calme qui convainc que le passage à l'acte ne sera qu'une pure formalité.

Savamment secoué, Boris n'a eu d'autre choix que de capituler. Quand Igor s'est emparé sans délicatesse des sacs de Boris, ne lui laissant que deux bouteilles de gaz, pas une de plus, pas une de moins qu'à Canada Depot, Olga a montré qui commandait dans cette cuisine.

— Tu ne vas pas laisser mourir ses poissons!

Penaud, Igor a remis un sac avec huit bouteilles de gaz à Boris qui a dû tout de même rendre dix dollars. La théorie mathématique de Boris plaisait définitivement aux femmes. Olga a sorti deux assiettes qu'elle a copieusement garnies.

Assis à une table tranquille, un peu à l'écart, Boris et Julie ont dégusté la carpe d'Olga, offerte par la maison. Cuits par cette cuisinière venue du froid, les oignons ne goûtaient pas si fort que le redoutait Julie. Décidément, avec Boris, tout était bon et elle ne s'ennuyait jamais. Entre deux arêtes, elle s'est lancée.

— Tu as une fiancée?

— Pas à ma connaissance…

Elle aurait voulu hurler :

«Ouvre les yeux, Boris, tu la connais, elle est en face de toi!»

Mais avec de la carpe plein la bouche, c'est une entreprise périlleuse. De plus, elle n'avait pas envie de le crier en sentant l'oignon. Alors elle a savouré en prenant son temps. L'amour, c'est comme un taxi, s'il ne s'arrête pas et qu'on lui court après, c'est qu'il est déjà pris. Pour l'attraper, il faut simplement savoir l'attendre au bon endroit.

— L'électricité est revenue chez toi…

— J'ai dû laisser la lumière allumée quand ça a coupé…

Boris a regardé sa fenêtre éclairée. Il a pincé ses lèvres et s'est retourné vers Julie.

— Je ne vais pas vous déranger plus longtemps.

— Tu ne me dérangeais pas.

— Je sais.

Boris Bogdanov n'était pas un macho, il n'était qu'un homme pragmatique. Elle l'avait compris, la réponse ne l'a donc pas surprise. Quand on veut aimer, il faut savoir, mais pour savoir, il faut demander. C'est pourquoi Julie a lancé la rapide au cœur de cet homme logique, qui semblait de marbre.

— Mon appartement est relié au bâtiment pour personnes âgées, mais pas le tien. L'électricité est revenue chez toi, mais rien ne dit qu'elle ne va pas être coupée encore. Peut-être qu'on pourrait attendre un peu avant de rapatrier tes poissons ?

Boris n'a pas tout compris. L'équation contenait encore trop d'inconnues. Julie n'a eu pour ultime stratégie que de tenter la courbe vers l'intérieur.

— La chance… euh… disons la probabilité que ça coupe chez toi est bien plus grande que chez moi !

Boris s'est tout de suite frotté le front puis a marché en rond. Il a fait de tête des calculs compliqués, en marmonnant quotients et racines carrées en russe. Puis, soudain, ce fut le silence, enfin pas longtemps.

— *Da… Da… Da…*

— Puis je pourrais toujours demander à Michel, mon voisin, il travaille à Météo Canada…

— Vous avez quelque chose à boire qui réchauffe ?

— J'ai tout ce qu'il faut pour te réchauffer…

Celle-là, Boris Bogdanov ne l'a pas comprise.

— *Davaï !*

Personne ne comprend tout.

Je n'ai pas voulu attendre

« LES PRÉVISIONS sont très pessimistes pour la nuit prochaine puisque le verglas nous fait la mauvaise surprise de revenir… »

Le ciel m'avait entendu. C'était moi, c'était bien moi! Là, je n'avais plus aucun doute.

« On craint le pire puisque les spécialistes de Météo Canada viennent d'annoncer des dizaines de millimètres de pluie verglaçante sur Montréal et toute sa région. »

Qu'est-ce qu'il faisait là, le ciel? Je lui avais juste demandé de dépanner Alex, ce n'était peut-être pas la peine d'en faire autant! De la glace sur le bloc d'en face, ça aurait été bien suffisant.

« Dans les centres d'hébergement, on se prépare à recevoir des milliers de personnes cette nuit. Tout de suite, notre reportage… »

Voir ces gens installés sur des lits de camp, faisant la queue pour aller aux douches, fatigués, ça m'a ébranlé. On aurait dit des images qui ne venaient pas du Québec. D'habitude, la misère, c'est loin. Puis j'ai vu ce petit enfant qui pleurait parce que, dans le centre d'hébergement, il avait perdu ses parents.

Et j'ai pleuré avec lui.

Quand ils ont dit que le petit enfant avait retrouvé son papa et sa maman, ça n'a pas arrêté mes larmes.

Le mal que je faisais me faisait encore plus mal. Surtout que j'avais agi ainsi pour ne pas avoir mal. J'aurais dû avoir le courage de dire non à Alex. Je me suis étouffé de larmes.

J'ai soudain senti un bras me serrer. J'ai ouvert les yeux. À travers mes larmes, j'ai reconnu ma mère. Elle était effrayée, terrorisée de me voir pleurer. Il paraît que lorsqu'un enfant a mal, sa mère a mal pareil.

— Qu'est-ce qu'il y a, mon chéri?

— C'est de ma faute!

— Mais non, rien n'est de ta faute!

— C'est à cause de moi, tout ça!

— Mais non, tu n'y es pour rien!

— Si, si, je le sais…

— Ne te culpabilise pas, mon chéri…

— Tu ne peux pas comprendre, mais…

Ma mère a posé ses deux mains sur mes joues et elle a serré. Je n'ai pas pu terminer ma phrase. Au bord de ses yeux, il y avait des larmes qui n'allaient pas tarder à couler.

— Mon chéri, je te le redis, ne prends pas ça pour toi, tu n'es responsable de rien!

— Je ne me le pardonnerai jamais…

J'ai essuyé mes larmes. J'ai pris un grand bol d'air. Il fallait que je me délivre de mon si mauvais geste.

— Maman, c'est moi qui…

— Arrête de dire ça, tu vas me faire pleurer!

Trop tard, elle pleurait déjà. C'était la première fois que je la voyais vraiment pleurer. En fait, un adulte, ça pleure pareil qu'un enfant. Ça me faisait de la peine que ce soit à cause de moi.

— Maman, excuse-moi d'avoir fait ça…

Elle avait du mal à parler entre ses larmes.

— Mais tu n'as rien fait de mal, je te dis! Arrête de dire ça!

Avec ses mains sur mes joues, elle m'a un peu secoué. Elle voulait vraiment que je sois d'accord avec elle.

— C'est la vérité! Tu n'es responsable de rien…

Je me suis libéré de ses mains et j'ai regardé vers la télé.

« Les urgences des hôpitaux sont débordées de patients victimes du verglas. Contusions, fractures, traumatismes crâniens sont soignés à la chaîne. Un homme repose dans un coma profond à l'hôpital du Sacré-Cœur après une chute à son chalet des Laurentides alors qu'il déglaçait le toit… »

Pas la peine de se regarder bien longtemps pour savoir que, ma mère et moi, on a pensé à la même chose.

— Tu lui as parlé aujourd'hui?

— Non, il n'a pas appelé…

J'ai eu soudain très peur. Il y a pire que des parents qui se séparent, c'est de ne plus avoir de parents. Ma mère a fermé les yeux. Je suis certain qu'elle a prié. Je ne crois pas en Dieu, mais j'ai prié aussi.

Toc! Toc! Toc!

On s'est tournés vers la porte. On a bien entendu.

— Police! Ouvrez!

Ma mère s'est levée d'un bond et m'a regardé. Mon père en avait souvent parlé. Pour des blessures, même graves, la police téléphone. Quand elle frappe chez vous, c'est pour vous annoncer le pire.

— Reste là, mon chéri…

Elle a couru à la porte et a pris sa respiration, disons plutôt du courage. Elle a ouvert. Elle a reculé d'un coup pour mieux crier.

— Oh non!

Le ciel m'est tombé sur la tête. La suite, je l'ai vue au ralenti. Mon père est entré, comme un soldat revenant de la guerre, les deux bras dans le plâtre, en écharpe.

— Tu te rends compte de la peur que tu nous as faite?

— C'était pour être sûr que tu ouvres!

L'humour dans la police, c'est une affaire d'homme. Ma mère, ça ne l'a pas fait rire.

— On n'en est pas là quand même.

Mon père était dans un sale état, mais j'étais tellement heureux. Il était revenu. Mes parents se sont fixés un long moment. Cette situation, ils ne l'avaient pas du tout prévue non plus. Papa s'est enfin tourné vers moi.

— Est-ce que tu vas attendre qu'on m'enlève les plâtres pour me donner un bec?

Je n'ai pas voulu attendre.

Il allait savoir

— Ouh! Ouh! Je suis là!

— Alexis, laissez-moi juste le temps d'enlever mon manteau, mon bonnet et mes mitaines.

Simon a souri, son sinistré avait encore besoin de parler. Dans la cuisine, il a retrouvé Michel et s'est approché de lui pour lui claquer gentiment les fesses.

— Que nous prépares-tu de bon?

— Des escalopes Volpini au vin blanc.

— Les meilleures en ville!

— Non! Le meilleur, c'est…

Michel s'est tourné vers Simon qui tendrement lui a offert ses lèvres.

— Le petit bec du soir!

Alors que Michel faisait tourner ses escalopes, Simon lui a passé la main sur l'épaule et ils sont restés un instant collés l'un à l'autre, heureux, soulagés.

La veille, quand Simon avait rejoint Michel dans le lit, il lui avait dévoilé le contenu de ses échanges avec Alexis. Un psychanalyste doit se l'interdire, mais puisque son client ignorait ce qui se commettait, Simon pratiquait dans la clandestinité, donc libéré du devoir de confidentialité.

— Tu lui as dit qu'on était un couple de gays?

— Penses-tu qu'il ne l'aurait pas vu?

— Mais tout le quartier va le savoir!

— Et alors?

— Et si l'Ordre l'apprend?

— Eh bien, l'Ordre le saura! Profitons de ce verglas inattendu pour cesser de vivre en cachette!

Michel n'avait pu s'empêcher d'essuyer une larme. Il a toujours été le plus sensible des deux. Ce moment qu'il avait attendu si longtemps, il n'y croyait plus. C'est noble de vouloir que les autres vous acceptent, mais il faut d'abord s'accepter soi-même.

— C'est pour ça que tu leur as proposé de les héberger?

— Mais non, mais non, pour les aider avant tout…

Michel connaissait son Simon, avec et par cœur. Il le savait bien trop intelligent pour ne pas avoir tout envisagé au moment d'offrir de l'aide à ses voisins. La présence d'Alexis et d'Alex, c'était leur *coming out* de quartier.

Ce que Simon n'avait peut-être pas prévu, c'était les séances de psychanalyse improvisées dont Alexis semblait déjà complètement dépendant.

— Ouh! Ouh! La bouteille nous attend!

— J'arrive, Alexis, j'arrive!

Sur la route du divan, dans le bureau, Simon a aperçu Alex qui jouait avec Pipo.

— Michel a dit qu'il allait tomber des tonnes de verglas cette nuit!

— Des tonnes?

— L'électricité est bien revenue chez nous, mais mon père, y dit que ça va couper dans pas longtemps.

— Si ton père le dit…

— Michel est d'accord qu'on reste. Il travaille quand même à Météo Canada. Il sait de quoi il parle.

— Tu as bien raison. En matière de météorologie, la prudence est la meilleure des conseillères...

Même un psychanalyste est capable de faire croire qu'il aide quelqu'un alors qu'il s'aide lui-même. Sans remords, on en cache le vrai motif.

— Je pense que Pipo ferait une dépression si tu nous quittais.

En entrant dans le salon, Simon s'est approché de la chaîne stéréo. Après avoir feuilleté l'immense collection de trente-trois tours, il a sorti *Carmen*. Parmi les douze interprétations différentes qu'il possédait de l'œuvre de Bizet, il a opté pour un vinyle unique de Maria Callas datant de 1964. Un opéra que la diva n'avait jamais chanté en public. Une gravure historique, une voix à faire pleurer. Simon s'est vite ravisé, ça n'était peut-être pas le moment de passer cet aspirateur à larmes avec un patient aussi sensible.

— Simon? Vous savez que j'ai déjà fait un disque?

— Non, je ne le savais pas!

— Personne ne le sait...

— Racontez-moi ça, Alexis...

Alexis s'est encore enfoncé dans le divan et a tendu ses jambes.

— Je peux?

— Oui, oui...

Alexis a doucement posé ses pieds sur la table basse en prenant soin de ne rien déplacer. Il a fermé les yeux pour mieux plonger dans ses années yé-yé.

Dring! Dring!

— Crisse!

— Alexis, il n'y a rien de grave, Michel va aller voir qui sonne. Détendez-vous un peu...

Alexis, agacé, n'a pu s'empêcher de tapoter ses doigts sur l'accoudoir. Simon a sorti de son écrin la précieuse bouteille de Chivas Salute, 21 ans d'âge. En grimaçant, il a rempli le verre d'Alexis. Au bout de quelques minutes, Michel est revenu.

— C'était la petite voisine d'à côté qui me demandait mes prévisions pour la nuit.

— Je gage que tu lui as dit qu'il allait tomber des tonnes de verglas.

— Perdu! J'ai juste dit des kilos. Mais j'ai eu l'impression que ça lui faisait bien plaisir de garder son locataire russe...

— Souhaite qu'il n'ait pas eu le temps de passer à la SAQ, sinon on n'est pas près de dormir.

— En parlant de SAQ...

Simon a tendu à Michel la flasque vide. Alexis a choisi ce moment pour reposer son verre bu d'une traite. À cent cinquante-neuf dollars la bouteille, Michel a grimacé. Mais un *coming out*, même de quartier, ça n'a pas de prix.

— À quoi ça sert, sinon à être bu!

Simon a attendu que Michel aille retrouver ses escalopes Volpini et, en guise d'apéritif, a continué de s'occuper de son patient sur canapé.

— Alors comme ça, vous avez fait un disque?

Alexis a choisi de répondre en chanson.

— *Ils disent qu'on était jeunes et qu'on ne savait pas...*

Ne nous découvrons pas jusqu'à ce qu'on grandisse...

Des sanglots ont momentanément interrompu la prestation. Simon s'est empressé d'applaudir.

— C'est vraiment très beau!

— C'est pas fini! Y a le refrain qui s'en vient.

— Ah?...

— *Bébé!... Je t'ai, toi, bébé... Je t'ai, toi, bébé...*

Alex a sursauté. Cette chanson-là était sienne. Elle parlait de sa mère et lui!

— *Je t'ai, toi, pour me prendre la main...*

Je t'ai, toi, pour comprendre...

Je t'ai, toi, pour marcher avec moi...

Je t'ai, toi, pour me serrer fort...

La seconde reprise du refrain a été plus laborieuse, car les sanglots d'Alexis rendaient le propos incompréhensible. C'était peut-être mieux comme ça.

— *Bé... Je... bé... t'ai... bé... toi... bé...*

Alex s'est bouché les oreilles, il ne voulait plus entendre. Il n'était pas le seul.

— Alexis, on va arrêter là! Ça fait pleurer Pipo.

Le silence revenu, on a clairement entendu un fou rire provenant de la cuisine; pourtant, ça n'a jamais fait rire personne, une escalope Volpini. Simon ne voulait surtout pas blesser Alexis. On en prend soin, d'un patient si providentiel.

— Très belle chanson... C'est de vous?

— Vous ne l'avez pas reconnue?

— Non... J'avais une chance?

— C'est la version française de *I Got You Babe* de Sonny and Cher.

— C'est curieux, je n'avais pas vraiment souvenir de cette mélodie.

— Parce que c'est la version disco!

Depuis le bureau, Pipo assommé sur ses genoux, Alex a écouté son père raconter sa vie comme il ne l'avait jamais fait. C'est ainsi qu'il a découvert que sa mère et son père avaient fait un disque.

— Ça a bien marché?

— Un fiasco, on n'en a pas vendu une centaine…
J'en ai plein le sous-sol…

— Alexis, comment avez-vous vécu cet échec?

— Je l'ai pas vécu, je l'ai même pas survécu…

— Il faut savoir apprendre de ses échecs. Ce sont ces moments qui permettent de bâtir l'avenir.

— Ben, moi, ça me l'a détruit…

— Racontez-moi ça, Alexis…

Dans sa cuisine, Michel ne riait plus. Il avait définitivement renoncé à servir les escalopes Volpini cuites à point. La confession, la vraie, c'est comme la tragédie grecque, c'est un moment rare, intense et d'une certaine durée. Puis si on rate le début, on n'y comprendra rien.

— Elle avait dix-neuf ans, pleine de vie. Elle était si belle. Elle avait trimé dur pour venir du Mexique étudier ici. Elle peignait. Ça ne faisait pas un mois qu'elle était là. Je chantais dans un bar. Elle est entrée, elle était si pure, je n'ai plus voulu chanter que pour elle…

Alex est sorti du bureau, Pipo l'a suivi. Il est entré dans le salon et s'est assis à côté de son père, sans rien demander. Simon a attendu un instant pour observer la réaction d'Alexis. Michel a passé la tête dans l'embrasure de la porte de la cuisine. Même Pipo avait compris que le moment était grave, lorsque la face noire d'un être va soudain s'illuminer. Il s'est aplati. Simon a juste chuchoté.

— Continuez, Alexis…

Le cœur d'Alex a battu soudain très fort. Il allait savoir.

Tu peux m'arranger ça?

— Tu sais pourquoi les chats, ils retombent toujours sur leurs pattes?

— Non, papa.

— Parce que, eux, ils savent le faire!

Deux jours dans le froid, ça avait transformé mon père. Je ne le reconnaissais plus. Il arrivait même à se moquer de lui. Ça devait être une des vertus de la congélation. Une fois remis à bonne température, il n'y avait que de la joie. Il ne cessait d'agiter ses deux poignets dans le plâtre. Il ressemblait à une marionnette, mais, lui, il existait en vrai et n'avait plus de ficelles.

— On joue au Monopoly?

C'est quand, la dernière fois que j'avais joué une partie de Monopoly avec mon père?

— Allez, viens jouer avec nous!

C'est quand, la dernière fois que j'avais joué une partie de Monopoly avec les deux? Je crois bien que jamais. Aux yeux de ma mère, c'était pas assez éducatif pour moi.

— Je hais ce jeu ludo-capitaliste! Un Trivial, c'est peut-être mieux?

— Les deux mains dans le plâtre, ce n'est pas bien pratique pour jouer au Trivial.

Ma mère s'est vraiment demandé si c'était bien mon père qui était en face d'elle.

— Oui, p'pa a raison, je préfère jouer au Monopoly. Tous les trois ensemble…

J'ai pris ma petite voix, comme au temps où je faisais des caprices en charmant ma mère. Papa m'a pointé des deux plâtres comme si je détenais la vérité universelle. Ma mère s'est assise, elle avait capitulé. Elle a quand même voulu avoir le dernier mot.

— D'accord, mais pas longtemps!

Ça ne m'a pas pris une minute pour courir dans ma chambre chercher la boîte, la ramener, l'ouvrir, distribuer les billets sur la table basse du salon. Comme pion, mon père a pris le chapeau et il m'a laissé la voiture. Il a tendu le dé à coudre à ma mère.

— Ça commence bien…

— Qui c'est qui me met les dés sur mon plâtre?

— Je dois ranger mes billets, p'pa!

Il a tendu ses deux paumes plâtrées vers ma mère.

— Avec laquelle tu veux jouer?

— La blanche!

Elle a levé les yeux au ciel, enfin au plafond, puis elle a posé les deux dés sur le plâtre droit de mon père. Quand il les a lancés, j'ai vu que ma mère l'observait. On a soudain entendu un cri de bête.

— Double six!

Mon père était tombé sur une case *chance*. J'ai pris la carte de la pile et, sans la regarder, je l'ai placée sous ses yeux.

— Vous gagnez le premier prix de beauté, recevez mille dollars!

J'ai pris un mille de mon tas de billets que j'ai posé sur celui de mon père. Ma mère a ramassé les dés. Mon père lui a donné un gentil petit coup de plâtre.

— Tu dois mille dollars au plus beau de la gang.

— Tiens! Les voilà, tes mille piastres. Les bons comptes font les bons amis. Il faut qu'on s'en parle d'ailleurs...

Je n'ai pas pu m'empêcher de regarder le divan. Toujours contente de sa réplique, ma mère a joint ses mains pour y secouer les dés. Mon père avait fait comme s'il n'avait rien entendu.

— C'est à moi, j'ai fait un double! Les dés!

Ma mère a tendu les dés sans un mot. Je sais ce qu'elle a pensé. Le Monopoly est un jeu barbare qui ne développe que la cupidité et la débilité.

— Double six!

— Pourrais-tu éviter de me faire éclater le tympan à chaque fois que tu lances les dés?

— Excuse-moi, ma chérie!

Il n'y a que mon père qui n'a pas entendu ce qu'il venait de dire. Ma mère a regardé le plâtre blanc pousser le chapeau sur la case *caisse de communauté*. Je n'ai pas attendu que papa le demande pour placer la première carte du tas sous ses yeux. Ma mère m'a regardé, elle savait que j'avais entendu, mais elle avait surtout remarqué que j'avais bien vu que ça l'avait ennuyée.

— «C'est votre jour de chance, chaque joueur doit vous donner mille dollars!»

Puis, là, mon père a été un peu trop baveux.

— La chance sourit à ceux qui savent la saisir! Envoye les dés!

Il n'a plus crié, il est allé directement en prison sans passer par la case *départ*. Trois doubles au Monopoly, ça ne pardonne pas. Il avait l'air un peu idiot, à la grande satisfaction de ma mère.

— Tu verras, tu seras bien, là...

Il s'est mis à siffler, l'air si léger.

— Je suis bien mieux là qu'au chalet!

J'étais tellement d'accord.

Celle qu'a pas été d'accord, c'est ma mère, quand mon père lui a demandé de l'aider à faire sa toilette.

— Je ne peux pas avec les plâtres, là! Je vais les maganer!

— Tu n'as qu'à faire attention.

— Je n'ai pas pu prendre de douche depuis deux jours, je ne peux pas rester comme ça!

Je les entendais tout en rangeant les billets dans la boîte. Ma mère avait gagné la partie. Même au Monopoly, ceux qui réfléchissent sont ceux qui finissent par gagner.

— Pas question que je te fasse ta toilette!

J'ai entendu ma mère ouvrir un placard de la cuisine. Elle est revenue dans le salon.

— As-tu du *tape* dans tes affaires d'école?

Elle a enrobé les deux mains de mon père dans deux sacs en plastique Canada Depot. Elle a vraiment pris soin de rendre le tout hermétique. Mon père l'a suivie jusque dans la salle de bain. Elle a ouvert l'eau de la douche.

— Et je fais comment pour enlever ma chemise, moi, avec mes mitaines Canada Depot?

On peut être intelligente et ne pas penser à tout. Elle n'était pas en colère, elle aussi avait l'air de trouver ça drôle. Mais l'humour ne change rien aux décisions de la vie.

— Ton fils va t'aider!

Clac! Elle nous a laissés tous les deux. Mon père s'est penché en avant et j'ai enlevé la chemise. Les plâtres sont passés avec difficulté. Pour son tee-shirt, ça a été un peu plus facile.

— Ça me fait plaisir que tu sois là, papa.

— Moi aussi, ça me fait plaisir de vous revoir.

Il a mis ses mains à sa ceinture. Avec ses doigts en plastique, il arrivait quand même à faire des petites choses.

— Je vais me débrouiller…

— Si t'as besoin de moi, hésite pas.

— Je n'hésiterai pas. Ça sert à quoi d'avoir un fils ?

Un fils, ça sert entre autres à passer le séchoir sur un plâtre mouillé. Comme mon père n'avait pas été capable de tenir la débarbouillette, il avait pris une serviette pour se laver. Au bout d'un moment, le *tape* a lâché, mais sous le tissu mouillé, il n'avait pas vu que son plâtre n'était plus protégé.

— Ça ne brûle pas ?

— Non, au contraire, c'est doux, c'est chaud.

Ça me faisait plaisir de prendre soin de lui. Tantôt il me regardait, tantôt il se tournait vers la cuisine. Ses yeux faisaient le tour du salon, mais ne s'arrêtaient plus qu'à la seule télévision. Surtout qu'il ne l'avait pas allumée.

— Les pâtes sont prêtes !

À table, mon père, après une rapide démonstration, nous a convaincus qu'il ne pouvait pas tenir les ustensiles.

— Moi, je l'ai déshabillé et j'ai séché son plâtre !

C'est ma mère qui a tenu la cuillère et, à partir de là, on n'a plus beaucoup parlé. Mon père, sitôt sa cuillérée terminée, ouvrait grand sa bouche alors que ma mère en gobait une juste après avoir servi mon père. Je les regardais comme si tout était normal, pourtant rien ne l'était. Ma mère donnait à manger à mon père comme s'il était un enfant, mais c'était moi l'enfant qui mangeait tout seul. Au bout d'un moment, ils ont pris un rythme, tout paraissait réglé, tout paraissait huilé. Ils n'avaient plus besoin de parler, ils se comprenaient. Mais toute bonne chose a une fin. Là, ce fut entre deux bouchées.

— Tu devrais filmer papa et maman avec ton caméscope.

— Martin! Je ne pense pas que ça soit une bonne idée!

— Tu ne trouves pas ça comique comme situation?

— Justement, je n'ai pas le goût qu'on filme ça…

Elle a clos le sujet en plantant la cuillère dans la bouche de mon père et ils ont repris leur petit manège jusqu'à vider l'assiette. Ma mère s'est levée.

— Tu vas attaquer la rééducation dès demain ou te trouver une solution, parce que je n'ai pas le goût de faire ça tous les jours.

Mon père avait encore la bouche ouverte, il l'a refermée, puis il l'a rouverte. Il a mimé le poisson rouge quelques secondes. Ma mère était déjà dans le salon.

— C'est l'heure du bain!

J'ai pris la cuillère, mais mon père m'a fait signe d'y aller. J'ai ouvert le robinet de la baignoire et j'ai laissé l'eau couler. Je suis allé au lavabo pour me mouiller les cheveux. Je ne voulais pas que ça dure. Ça n'a pas duré. Quand je suis ressorti, au cliquetis du clavier, j'ai su que ma mère était à l'ordinateur. Dès qu'elle m'a vu, elle a, bien entendu, fermé le dossier des comptes.

— Tu t'es bien lavé partout, mon chéri?

— Oui, maman.

— Va mettre ton pyjama.

— Oui, maman.

— Après, tu diras à ton père de venir m'aider à allumer le feu.

— Avec ses plâtres, il ne va pas pouvoir.

— Il va juste me dire comment faire.

Je suis passé devant ma chambre, sans y entrer. J'ai continué vers la cuisine. J'y ai entendu un autre cliquetis. Je me suis approché lentement. Mon père avait non seulement réussi à se mettre une fourchette dans la main, mais il était même parvenu à prendre un couteau dans l'autre. Du frigidaire, il avait sorti un bout de fromage dans lequel il mordait goulûment tout en se tranchant du pain. J'ai reculé pour qu'il ne me voie pas.

— P'pa! Maman a besoin de toi pour allumer le feu.

Il s'est vite débarrassé des ustensiles. Gling! Glang! Il devait lui rester beaucoup de fromage dans la bouche, et certainement du pain, car il a vraiment eu du mal.

— Dans l'état... où je suis... je vais faire ce... que je peux... Pis mon plâtre... il n'est pas... encore sec.

Il n'y a pas que les enfants qui mentent pour qu'on s'occupe d'eux.

Quand j'ai quitté le salon, après leur avoir souhaité bonne nuit, mon père était assis face à la cheminée. Il avait placé ses deux plâtres au-dessus de l'âtre. Ma mère était assise sur le divan, pas très loin, disons juste derrière.

— Quelle idée t'as eu de faire cette folie?

— J'étais seul avec la glace. Au bout d'un moment, la glace, t'en as par-dessus la tête!

— Donc, t'as déglacé le toit…

Ils se sont regardés en souriant, complices, pour la première fois. La lueur de la flamme éclairait leurs visages. Ils étaient si beaux. C'était comme au cinéma. Je me suis toujours caché les yeux quand je voyais deux adultes s'embrasser dans un film, ça me gênait. Mais là, j'allais pas les fermer s'ils s'embrassaient. J'ai attendu. Je voulais qu'ils s'embrassent longtemps avec le mot « Fin » écrit en blanc, en gros. J'ai regretté de ne pas avoir mon caméscope.

Mais la vie, c'est pas du cinéma. Ma mère a allumé la lumière.

— Je vais t'installer tout ce qu'il te faut sur le divan, mais je te préviens, pour la télé, je ne vais pas te changer les chaînes toutes les trois secondes!

J'aurais préféré filmer le baiser.

— Pourquoi tu veux que je regarde la télé?

— Je ne sais pas… Tu regardes toujours la télé, non?

— Merci, mais ça ira.

Pour la première fois, j'ai compris où le ciel voulait en venir. Le verglas n'avait pu empêcher mon père de quitter la maison, mais il avait fait en sorte de le faire revenir. La congélation l'avait rendu différent. Ma mère avait du mal à le croire. Je l'ai vu dans ses yeux quand elle est venue lui donner une couverture et un oreiller.

— On dirait que t'es plus le même.

— C'est bien possible…

— Je comprends que tu sois content d'être là, mais ne perds pas de vue notre décision commune.

Elle a tendu une feuille imprimée à mon père. C'était la feuille de calcul. Le divan et tout ça.

— J'espère que ça ne t'empêchera pas de dormir…

Dans mon lit, j'ai beaucoup pensé. Ma mère, elle, n'avait pas été congelée. Tant que ça ne lui arriverait pas, elle ne changerait pas. Je me suis levé, j'ai regardé mon ami le ciel.

— Tu peux m'arranger ça?

Jeudi 8 janvier 1998

«Les précipitations verglaçantes redoublent d'intensité. Tous les records sont battus! Autour de Montréal, les pylônes s'effondrent à la chaîne. On craint un black-out total sur l'île. À midi, la majorité des entreprises du centre-ville ferment leurs portes afin d'économiser l'électricité. On redoute une pénurie d'eau potable. Les Forces armées canadiennes sont appelées à la rescousse. À la fin de la journée, un million de foyers, soit près de deux millions et demi de personnes, sont sans électricité.»

La vie, des fois, c'est comme
au cinéma

— ATTENTION!

Sans prévenir, la branche a plié sous le poids de la glace qui ne cessait de tomber. Des deux mains, Boris a agrippé Julie pour se jeter sur elle et la coucher à terre en la protégeant de son corps avant que l'énorme branche ne les recouvre. Bang! Boris, coincé, n'a pu se décoller de Julie.

— Julie, ça va?

— Mmmmm...

Julie avait les yeux fermés. Un sourire béat a illuminé son beau visage que quelques cheveux épars recouvraient. Il n'y a pas de cours de secourisme en mathématiques pures, mais l'état de la jeune fille n'était pas sans rappeler celui qu'il avait connu, à Val-d'Or, lors de son piteux essai dans la Ligue junior majeur du Québec.

— Julie, réveillez-vous!

— Mmmmm...

Boris a compris que la situation était grave. Il s'est campé sur ses bras et a tenté de soulever la grosse branche. Mais même pour un compteur naturel, le bois est lourd, et la glace est encore plus lourde. La branche ne s'est soulevée que de quelques centimètres. Elle est vite retombée. À bout de force, Boris s'est à nouveau retrouvé collé à Julie. Elle a ouvert ses yeux, qui, en cet instant, n'exprimaient que l'extrême pureté.

— Je savais pas que c'était tout blanc, le paradis…

— Vous n'êtes pas au paradis, une grosse branche nous est tombée dessus.

Julie était certes sous la branche, mais surtout sous le choc.

— Je ne pensais pas que ça pouvait être aussi beau d'être sous une branche. Pas vrai, Boris?

Ils étaient restés tard dans la nuit à regarder les poissons après avoir vidé la demi-bouteille de porto et une bouteille complète d'ouzo qu'un client grec avait offerte à Julie. Elle avait tenté de s'ouvrir en évoquant cette providence de l'avoir rencontré. Boris avait admis qu'il était également heureux de la connaître. Mais…

— Cela fait des années que je travaille sur ma théorie, je ne peux pas me laisser distraire si près du but…

— Je comprends…

Avec une bonne centaine de kilos de bois et de glace sur la tête, on finit vite par oublier ce qu'on avait feint d'avoir compris.

— On est si bien sous ce ciel de glace. Hein, Boris?

— On en reparlera, ce n'est peut-être pas le meilleur endroit et il commence à faire froid…

— Nos cœurs vont nous réchauffer…

— Vous êtes sûre que ça va bien, Julie?

— J'ai jamais été aussi bien…

Boris a entendu d'autres branches grincer. Ces craquements et ces couinements étaient stressants. Ils donnaient à croire que le pire pouvait arriver à chaque seconde. Bang! Une autre branche est tombée à quelques centimètres d'eux.

— J'adore cette musique, Boris…

Boris n'avait pas le cœur à badiner ni à tenter de convaincre Julie que cette musique pouvait n'être que le début d'un requiem joué en leur triste honneur. Comme beaucoup d'immigrés, Boris a crié dans la première langue qui lui est venue à l'esprit. Curieusement, ça n'a pas été le russe.

— *Help!*

Julie, si suave, a juste susurré.

— *I need somebody…*

— *Help!*

— *Not just anybody…*

— *Help!*

— *I need someone…*

Julie aurait bien voulu continuer, mais Boris lui a mis la main sur la bouche. Dans la vie, il y a un temps pour chanter et un autre pour se sortir de la merde. Boris ne savait pas s'il était dans la merde, mais il savait qu'il avait de la glace jusqu'au cou.

— Il y a quelqu'un?

Autour, des branches ont continué de craquer. Cette dangereuse ritournelle n'était que *sixties* pour Julie.

— *Won't you please, please, help me…*

Elle a monté le ton de quelques décibels encore.

— *Help miiiiiiiiii! Please, help miiiiiiiiiiiiiii!*

— Ne vous inquiétez pas, mademoiselle, nous allons vous aider!

Boris Bogdanov s'est senti idiot. Pourquoi personne ne l'avait-il entendu? Il rageait que le simple petit murmure de la femme étalée sous lui ait alerté le premier homme venu. Il a voulu reprendre les affaires en main. La galanterie, même russe, a ses limites, car tout d'abord elle ne se conjugue qu'au masculin.

— Faites vite!

— Ah?... Vous êtes deux?

Boris a cru entendre de la déception dans la voix de cet homme providentiel. Le genre de dépit qu'éprouve celui qui toise une femme dans un bar depuis quelques minutes et qui, au moment de l'aborder, voit le chum de la belle solitaire sortir des toilettes. Boris n'a pas dû être aimable.

— Ça vous pose un problème, si on est deux?

— *Nous deux... nous deux... tous les deux jusqu'à la fin du monde...*

— Je ne peux pas soulever la branche, je vais chercher de l'aide...

— *Serre-moi fort contre ton corps...*

Pour faire taire Julie la chanteuse, Boris l'a serrée fort. Il a senti soudain comme quelque chose en lui. Enfin, quelque chose qui sortait de lui. Il a observé la belle, plongée dans sa béatitude amoureuse. Dans son pragmatisme mathématique, il n'a pu qu'inclure une question fondamentale : et si elle lui faisait de l'effet?

Dans son cerveau qui chassait l'illogisme, ennemi du chercheur, le sentiment devenait une sorte d'exposant dont il se devait de déterminer l'exacte valeur. En admettant que le corps sur lequel il reposait était on ne peut plus attractif, il aborda un instant le problème en termes de probabilités. Quelle chance aurait-il eue de se trouver couché sur une si belle femme, devant son immeuble, avec en plus un arbre et de la glace sur le dos?

Mais avant de prouver que Mélanie fait pipi debout, il faut prouver que Mélanie existe...

L'érection incontrôlable, qu'il ne souhaitait que très discrètement inclure dans son étude de probabilités, lui confirma sans aucune équivoque possible qu'elle résultait de la présence de Julie sous lui. Donc, si son érection existait, Julie existait!

Toujours couché, il aborda ensuite le problème à la verticale.

Pourquoi était-il collé sur Julie? Parce qu'un arbre le maintenait contre elle.

Pourquoi l'arbre s'était-il brisé sur eux? Parce qu'il tombait du verglas!

Considérant qu'aucune situation météorologique comparable n'était survenue depuis 1961, considérant qu'il s'était fait refuser trente-neuf appartements avant d'emménager dans cette rue, considérant le nombre d'arbres à Montréal, compensé par le nombre d'arbres brisés par le verglas depuis trois jours, en prenant pour indice qu'une branche glacée met, sans prévenir, trois secondes à tomber de l'arbre, soit une chance sur vingt-huit mille huit cents qu'elle tombe au moment de passer en dessous, en multipliant le tout par la probabilité de tomber sous une branche qui puisse accueillir deux personnes, Boris Bogdanov a conclu que la probabilité de ressentir cette soudaine érection parce qu'il était couché sur la voisine d'en face n'était que d'une sur treize millions six cent cinquante-sept mille cent cinquante-neuf. Exactement six mille six cent cinquante-sept chances de moins que d'avoir les six numéros au 6/49.

Boris s'est placé au-dessus de Julie afin de la protéger des petits blocs de glace qui tombaient des branches. Sous lui, il y avait cette chance peut-être unique de ne plus seulement vivre pour ses quatre poissons. La branche a bougé. Puis, d'un coup, dans un bruit de branchage glacé qu'on n'avait plus entendu depuis 1961, la lumière a jailli!

— On vous dérange?

Avant de se retourner vers son sauveur, Boris a délicatement dénoué de ses épaules les bras de sa belle.

— *Kochané...*

Au-dessus de lui se tenaient Alexis, Simon, Michel et le voisin d'en face, avec deux poignets dans le plâtre.

— Je suis désolé, mais avec mes poignets, je ne pouvais même pas faire bouger la branche. Puis quand j'ai su que vous étiez deux, je me suis dit qu'elle devait être vraiment lourde, alors je suis allé chercher les voisins d'à côté...

— Ça a été un peu long, mais on n'a pas pu s'empêcher de vous écouter chanter...

Simon a donné un coup d'épaule à Michel. Boris s'est levé, puis a remis Julie sur ses bottes. Toujours un peu vaporeuse, elle s'est accrochée tout de suite au cou de son nouvel amour slave.

— Julie, désolé de vous avoir interrompus...

— Michel, calme-toi un peu...

— Comment avez-vous fait pour vous retrouver là-dessous?

— On ramassait de la glace pour la mettre dans la baignoire parce qu'ils ont annoncé que l'eau n'était plus potable...

— Effectivement, les usines de filtration n'ont plus de courant pour fonctionner...

La tension est montée d'un coup. Le groupe s'est regardé. La situation devenait vraiment grave.

— On est vraiment dans la marde!

— On se croirait à la guerre!

— Pensez à ceux qui ont des enfants...

— Et ceux qui ont des petits bébés...

— Et les pauvres personnes âgées toutes seules dans leur maison…

— Pensez à ses pauvres poissons!

Ça a coupé net le crescendo de la misère sans eau potable. Même si la logique la plus élémentaire associe l'eau au poisson, personne, sauf Julie, n'y avait pensé.

— Ses poissons?

Julie, qui avait retrouvé ses esprits, en avait long à dire sur le sujet. Dans son exaltation, elle ne se rendait pas compte qu'elle plaçait çà et là, comme Olga avec les oignons au cœur de la carpe, quelques mots de russe. Même racontée par une jolie femme, la théorie topologique de son savant russe apparaissait comme une immense abstraction. D'être le spectateur de sa propre passion étalée devant tous, celle dans laquelle il s'était noyé, ébranla considérablement Boris. Alors que Julie, munie d'un bâton plein de glace, traçait de mémoire la trajectoire de chacun des poissons, il a regardé la rue dévastée, ces gens qui marchaient en plein milieu pour éviter les chutes de branches. Il a entendu ce craquement infernal et menaçant, annonce lugubre d'une chute imminente. Au loin, un cortège de l'armée est passé. Ça lui a rappelé les pires heures du régime communiste dans cette Russie d'avant où on n'existait pas – où, au mieux, on subsistait.

À cet instant, Boris, qui n'éprouvait pour Newton que le mépris slave des Russes qui reprochent aux Anglo-Saxons de s'approprier toutes les premières scientifiques, a pourtant décidé de relativiser.

— Il y a peut-être plus important que mes poissons, dans la vie?

Mis à part Julie, tout le monde a eu l'air d'accord. Le visage de Boris est devenu très doux, illuminé d'un nouveau regard. Il a souri à ce voisin qui avait voulu l'aider, à qui il n'avait porté aucune attention, malgré ses blessures.

— Monsieur, qu'est-ce que vous vous êtes fait aux poignets?

Par la fenêtre, Alex regardait Martin mimer à grands gestes sa chute du toit. Il est revenu à la chaîne hi-fi et a replacé le bras à l'amorce du quarante-cinq tours. Une nouvelle fois il voulait entendre Al et Do.

— Vous auriez pu mourir après une telle chute!

— On est fait fort dans la police!

— Vous êtes policier? Dans quelle escouade?

— L'escouade des fainéants...

— Vous devez être nombreux!

— Alexis, tu ne vas pas t'y mettre toi aussi! Moi, c'est Simon.

Simon a délicatement encerclé de sa main le plâtre qu'on lui tendait. Il a vraiment fait attention de ne pas le secouer.

— Moi, c'est Martin!

— Moi, c'est Julie!

— Moi, c'est Boris!

— Aïe! Doucement, avec mon plâtre!

— Moi, c'est Alexis!

— Oui, oui, je vous reconnais, vous êtes le père d'Alex, le meilleur ami de mon fils.

— Oui, c'est ça...

— Moi, c'est Michel...

— Le frère de Simon, je suppose?

— Ce n'est pas son frère, c'est son blond!

— On dit son chum, Alexis...

Martin n'était pas certain d'avoir bien compris. Julie a décidé de frapper la longue balle.

— Son fiancé, si vous préférez…

Dans un même souffle, suspendue à sa réaction, la petite troupe s'est tournée vers Martin. Il n'a pas hésité bien longtemps.

— Ça me fait bien plaisir de vous connaître! C'est fou d'avoir attendu qu'un tel malheur nous tombe dessus pour se parler enfin.

Michel et Simon se sont regardés, soulagés de s'être déchargés enfin de l'énorme poids de la clandestinité de quartier. Dehors, dans la rue, devant les voisins, ils se sont donné la main.

Je t'ai bébééééééé…

Alex a, cette fois, décidé de ne pas réentendre la chanson. Il l'avait entendue tant de fois qu'il pouvait maintenant se la jouer tout seul dans sa tête. Il a glissé soigneusement le microsillon dans sa pochette. Sur la une, *Al et Do* en mauve sur un fond jaune. Sur la photo, chemise blanche, col largement ouvert, Alexis souriant entre ses deux pattes blondes. À ses côtés, bandeau blanc sur sa crinière noire, Dolorès, sa maman. Avant de ranger le disque sous son oreiller, il a caressé de son doigt le beau visage de sa mère. La porte d'entrée s'est ouverte.

— Entrez tous, ça nous fait plaisir de vous recevoir!

— Vous êtes sûrs qu'on ne vous dérange pas?

— Mais non, il n'y a rien d'autre à faire, de toute façon! Michel va nous préparer un bon gros plat de spaghettis à la carbonara!

— Je passe chez moi chercher deux bouteilles et je reviens.

— Tu vas réussir à te débrouiller avec tes plâtres?

— Oui, ne t'inquiète pas, Alexis.

Alex est sorti dans le couloir pour aller au-devant de la troupe, chacun enlevant comme il le pouvait ses souliers en se cognant sur l'autre. Il a d'abord fait face à Julie et Boris, premiers à s'être déchaussés.

— Alex! Mon petit sauveur de chat!

— Tu nous as filmés, j'espère?

Alex a viré au rouge vif. Boris, goguenard, s'est dirigé vers le salon à l'invite de Simon. Julie, pétillante, a attendu de voir les deux hommes s'éloigner et s'est penchée vers Alex.

— En plus, t'as filmé, mon coquin?

De la main, elle a doucement emmêlé les cheveux d'Alex qui, vu les circonstances, n'a eu d'autre choix que de se laisser faire même s'il n'aimait pas ce genre de traitement, lui, le rebelle. Julie a frotté de plus en plus fort. Allait-elle maintenant le gronder en criant? Avec tendresse, elle a repeigné de la main la tignasse ébouriffée.

— J'espère que tu me feras voir, j'ai toujours rêvé de tourner dans un film!

La vie, des fois, c'est comme au cinéma.

Je suis un Québécois solidaire!

Mon père, après avoir prétexté sa crainte de glisser sur la glace, s'est accroché au bras de ma mère. Tout à l'heure, quand je l'avais regardé par la fenêtre essayer de soulever la branche, il tenait très bien debout. Aussi bien qu'il avait été capable de manger seul, hier soir,. en se cachant de nous. Je l'aimais bien, son petit jeu. J'étais content qu'on sorte tous les trois, même si papa avait mis du temps à convaincre maman de nous accompagner.

— Tu verras, ils sont très gentils. Pis quoi de plus normal que de rencontrer ses voisins?

— En sept ans, on ne leur a jamais adressé la parole et là il faut tout de suite aller chez eux!

— À situation exceptionnelle, rencontres exceptionnelles!

— Moi, la petite voisine d'à côté, je ne lui trouve rien d'exceptionnel.

— Elle est très gentille. Elle vient de se prendre un arbre sur la tête avec son amoureux, le petit étudiant d'en face.

— Franchement, je n'ai pas le goût de me retrouver en tête à tête avec le père d'Alex. Cinquante fois je lui ai dit bonjour, il ne m'a jamais répondu.

— Il a beaucoup changé, tu vas voir.

— C'est une épidémie...

— Allez, viens, on va s'amuser!

— Maudit verglas!

Devant moi, ma mère tenait dans chacune de ses mains une bouteille de vin, mon père agrippé à son épaule. Il l'a arrêtée du bras et a chuchoté à son oreille.

— Décidément, je vais de découverte en découverte!

— Il faut tout de même lui expliquer.

— Je pense que c'est mieux que ça soit un homme qui lui en parle.

Mon père m'a fait signe d'approcher. Il ne voulait pas lâcher ma mère. Je l'ai trouvé, soudain, très sérieux.

— Il ne faut pas que tu sois étonné, mais dans la vie, les hommes ne vont pas forcément avec les femmes. C'est leur choix. Simon et Michel sont...

— Un couple homosexuel!

— Tu le savais?

— Oui, Alex me l'a dit.

— Tu en as pensé quoi?

— Rien! Pourquoi tu veux que ça me gêne? Ils sont heureux... Ils sont deux... Eux!

Mon père et ma mère ont compris la même chose en même temps. J'avais tapé dans le mille. Aucun ne voulait prendre la parole. La musique les a sauvés.

— Prêts à danser?

Le père d'Alex traversait la rue avec une guitare et, surtout, un grand sourire. Il s'est approché de mes parents en offrant sa main.

— Hé, Martin! Tu me présentes pas ta femme?

— Alex, voici Anne, Anne je te présente Alexis.

— Ça me fait plaisir de te connaître, Anne! Vraiment plaisir... J'ai pas toujours été fin avec toi. Excuse-moi...

Alexis n'a pas attendu que ma mère réponde. Il s'est vite tourné pour marcher devant. Maman a regardé papa, puis elle m'a parlé, comme s'il ne restait plus que moi à qui elle pouvait se confier.

— Mais qu'est-ce qu'ils ont tous?

— Je ne comprends pas ce que tu veux dire...

Alexis, sans frapper ni sonner, a ouvert la porte de chez Simon et Michel. On a entendu des rires. C'était la fête. On est vite entrés. Alexis s'est assis avec sa guitare sur le divan. Il a passé un petit instant à la dépoussiérer. Il l'a rapidement accordée, à l'oreille.

— Rendons d'abord hommage au plus grand des grands!

Il a commencé à jouer, le rythme était entraînant. Rapidement, ma mère a été forcée de faire comme tout le monde, elle a tapé dans ses mains. Alexis a entamé le premier couplet.

— *C'était un petit bonheur que j'avais ramassé*
Il était tout en pleurs sur le bord d'un fossé...
Julie s'est mise à pleurer en regardant Boris. Dans ses larmes, il y avait de la joie. Alexis, lui, regardait Simon et Michel qui se tenaient la main.

— *Mes frères m'ont oublié, je suis tombé, je suis malade!*
Si vous ne me cueillez point, je vais mourir, quelle ballade!
Les deux hommes étaient émus. Puis Alexis n'a plus fixé que Simon en ralentissant la mesure.

— *Monsieur, je vous en prie, délivrez-moi de ma torture...*
Une main s'est posée sur mon épaule.

— Viens! Faut que je te parle...

J'ai suivi Alex jusque dans la chambre. Pipo, certainement sous le choc de voir tant de monde dans sa maison, a juste passé sa tête de dessous le lit quand il nous a vus entrer.

— S'cuse pour hier. Je ne voulais pas que ça finisse.

Il m'a regardé droit dans les yeux. Il attendait mon pardon. Je lui ai souri. Il est allé jusqu'au lit et a passé sa main sous l'oreiller. Il en a retiré une pochette de disque et me l'a tendue.

— C'est ma mère...

Je n'ai pas pu m'empêcher d'avoir un motton dans la gorge.

— Elle est vraiment belle.

— Maintenant, je sais pourquoi je ne ressemble pas à mon père...

— C'est parce que tu ressembles à ta mère.

— Non, c'est surtout parce que ça n'est pas mon vrai père.

J'ai dû poser mes fesses sur le lit. J'ai regardé Alex, ne sachant quoi lui dire. Il était si calme, comme un adulte, presque. Il est venu s'asseoir à côté de moi. On a regardé tous les deux la pochette.

— Mais pour moi, Alexis, c'est mon père, le seul... Elle s'appelle Dolorès, ma mère... Dolorès Sanchez... Elle vit au Mexique...

Alex avait enfin une histoire à lui.

— Mon père est tombé amoureux d'elle dès qu'il l'a vue... Il ne savait pas qu'elle était enceinte de moi... Elle non plus ne le savait pas... Elle chantait bien... Il a voulu lui offrir le plus beau cadeau au monde... C'est lui qu'a financé le disque avec ses sous... C'est lui qu'a tout fait... Elle a juste chanté ce qu'il lui disait de chanter... Il voulait en faire une star...

J'ai regardé la pochette, Al et Do, ça ne me disait rien. Des vedettes, même d'il y a longtemps, les parents t'en parlent. Alex a remis la main dans la pochette et en a sorti un tout petit bout de journal.

— Lis ça, tu vas comprendre…

J'ai lu à voix haute.

— « *I got you babe* de Sonny and Cher est un monument de la chanson. Vouloir en faire une version disco, qui plus est en français, est une abominable connerie. *Je t'ai bébé* est donc un monument de connerie, gracieuseté de l'insipide Al et de celle qu'on espère oublier à tout jamais, Do. »

Dans le salon, Alexis s'est mis à chanter plus fort.

— *Mon bonheur est parti sans me donner la main…*

— Elle s'est fait oublier pour toujours. Elle avait honte… Elle en a terriblement voulu à mon père… Elle était venue pour vivre un rêve. Elle a eu droit à un cauchemar… Alors, pour que ma vie soit meilleure qu'au Mexique, elle m'a laissé bébé avec Alexis… Mais lui, il était plus capable…

— *J'ai bien pensé mourir de chagrin et d'ennui…*

— C'est pour ça qu'il est devenu comme il est… enfin, il était… Simon lui a dit qu'il avait bloqué ses émotions, comme si le temps s'était arrêté pour lui… C'est pour ça qu'il en voulait à tout le monde. Mais depuis trois jours qu'il a enfin pu en parler… Je découvre un nouveau papa…

— Et elle est où, ta mère?

— Je ne sais pas… au ciel… au Mexique… C'est pas important pour le moment de savoir ça…

Il a vu que je ne comprenais pas.

— Le plus important, c'est de savoir qu'on a une mère. Tu peux pas comprendre, t'en as toujours eu une, toi.

J'étais d'accord. J'en avais voulu à ma mère. Mais pour lui en vouloir, ça en prenait une. On veut toujours plus, sans jamais bien regarder ce que l'on a déjà. Alex s'est tourné et il m'a pris dans ses bras en me serrant très fort.

— Merci d'avoir fait tout ça pour moi.

C'était bien le grand Alex, le plus fort, la terreur de l'école qui pleurait dans mes bras.

— J'aimerais ça, écouter le disque…

— C'est vrai?

— Pourquoi ça serait pas vrai?

— Malgré ce que t'as lu?

— Mais c'est ta mère et ton père quand même. Tu ne peux pas en avoir honte.

Quand on est entrés dans le salon, Alexis avait posé sa guitare et buvait un verre. Ma mère avait les joues un peu roses, mais n'a pas dit non quand on lui a reproposé du vin. Simon était avec mon père, qui avait réussi à coincer un verre dans son plâtre.

— Dites-moi, Martin, que vouliez-vous dire par «policier fainéant»?

— On ne peut pas dire que je sois vraiment au cœur de l'action…

Quand Simon a vu Alex, avec le disque dans la main, se diriger vers la chaîne hi-fi, il a donné un coup de coude à Michel. Il y a eu un grand silence, car Alexis s'était également arrêté de parler. Des larmes, il y en avait encore sur les joues d'Alex. Alexis, à la vue de la pochette, s'est levé. Simon ne l'a pas laissé aller loin.

— Alexis, s'il a envie de nous faire écouter la chanson de sa mère et de son père, il faut le laisser faire.

Alexis s'est rassis aussitôt. C'était bizarre, Simon était devenu son chef. Alex a placé le vinyle sur le tourne-disque. Il s'est retourné et a défié tout le monde du regard. Quand le tempo disco a débuté, Julie s'est levée comme une seule femme.

— Wow, le beat!

Elle est montée sur la table basse et elle s'est mise à danser, disons plutôt à onduler.

— Julie! Sur la table, ce n'est peut-être pas raisonnable.

— Désolée, je ne sais pas danser ailleurs!

J'ai trouvé ça beau, comment elle dansait. Boris aussi, il semblait trouver ça beau. J'ai même vu que mon père, il avait l'air de trouver ça vraiment beau aussi. Surtout que Julie tournait sur elle en regardant les hommes chacun leur tour. Ma mère a beaucoup moins aimé.

— Il ne manquerait plus qu'elle se déshabille.

Quand Julie a enlevé son pull, Simon est allé lui parler. Mais comme la musique jouait fort, il a crié et tout le monde a entendu.

— On va se calmer un peu, Julie! Il y a des enfants.

J'ai bien vu que mon père était un peu déçu. Quand il a vu que je le regardais, il m'a fait un clin d'œil. Simon s'est mis à danser. Il dansait vraiment bien, pour un homme. Il a pris la main de Michel et ils se sont trémoussés ensemble.

— Allez, tout le monde danse!

Boris est monté sur la table basse rejoindre Julie. Elle faisait des gestes et lui, après, il faisait pareil. Mais il n'était vraiment pas bon. Mon père regardait toujours Julie. Ça a énervé ma mère. Elle s'est levée.

— Allez, viens danser!

— Ça fait un siècle qu'on n'a pas dansé ensemble!

Pour se rappeler comment c'était avant, ma mère a bu en entier le verre qu'on venait de lui tendre. Elle dansait bien, ma mère. Mon père n'a plus regardé qu'elle. Il agitait ses plâtres en rythme. Alexis s'est placé derrière Alex et a posé ses mains sur ses épaules.

— T'as vu comme ils aiment ça?

Ils ont regardé avec fierté tout le monde danser. Alex a pleuré jusqu'à la fin.

Je t'ai bébééééééé...

Ma mère, essoufflée, s'est accrochée à mon père. Julie s'est jetée en arrière, confiante en Boris. Il a placé ses mains pour la rattraper comme dans les derniers pas d'un tango.

Clic!

D'un seul coup, il a fait noir. On a juste entendu Julie tomber de la table basse. Boris ne l'avait pas rattrapée. Boum!

— *Kochané!* Tu vas bien?

Il avait vraiment l'air inquiet. Puis on a entendu de drôles de petits bruits. Je n'arrivais pas à savoir ce que c'était. Puis j'ai compris: des becs!

— Mon Boris...

— *Kochané...*

Puis des becs, encore et encore.

— On se calme, Julie!

Clac! Michel a gratté une allumette et a vite allumé des bougies pour éteindre le feu en Julie. Quand la lueur est apparue, ma mère s'est décrochée de mon père. Julie s'est relevée en replaçant ses vêtements. Boris, lui, avait un grand sourire idiot. Alex s'est approché de moi.

— Je suis sûr qu'il l'a baisée...

Je n'aime vraiment pas parler de ça. La situation était étrange. Le verglas venait de nous rattraper. Heureusement, mon père a pris les affaires en main.

— Bon! Qu'est-ce qu'on fait, là?

— Au moment où le party prenait. Ça n'a pas d'allure!

— Alexis, que votre joie retrouvée ne vous fasse pas oublier que d'autres sont peut-être dans la misère...

— Excuse-moi, Simon...

— C'est vrai, ça, on est tout de même chanceux de pouvoir faire la fête alors que d'autres souffrent...

Tout le monde se sentait coupable.

— Nos petits vieux!

C'est Julie qui y a pensé la première.

— Vous les imaginez, tout seuls dans leur chambre, laissés à eux-mêmes, perdus dans le noir... sans télé?

— Ça ne devrait pas durer, Hydro va vite nous rebrancher tout ça...

— N'en sois pas si sûr, Simon!

Ma mère s'est recroquevillée. Elle avait déjà froid. Je n'ai pas été inquiet pour elle, au contraire. Être congelée, ça allait l'aider à réfléchir. Pour le moment, le ciel n'avait fait qu'aider les autres, il devait finir son travail en s'occupant enfin de moi. J'espérais qu'Hydro-Québec ne foute pas mon plan en l'air. Des fois, il est difficile de s'oublier.

— Si on allait les aider?

— Qui?

— Ben, nos petits vieux!

— C'est une très belle idée, Alexis. C'est important que vous puissiez regarder les autres.

— Allez, on y va!

— Alexis, je parlais de l'idée, de votre cheminement intérieur. Ne nous emballons pas. Il n'y a pas le feu.

On a entendu une sirène de pompiers dans la rue. Puis il y en a eu une autre, et encore une autre.

— Moi, j'y vais!

— Moi aussi!

Ça m'a fait drôle d'entendre mon père vouloir reprendre l'action.

— *Davaï!*

— Boris, on se quitte plus!

— Anne, tu restes avec les enfants!

Ma mère a juste gloussé lorsque mon père s'est dirigé vers la porte sans un mot de plus. Julie, Boris et Michel l'ont suivi. Simon n'avait pas l'air aussi motivé que les autres. Il ne bougeait plus. De la sueur coulait de son front. Alexis l'a secoué.

— Allez, viens, on a besoin de toi!

— Je supporte d'entendre la misère, mais pas de la voir...

Ma mère a sauté sur l'occasion.

— Simon, je comprends que tu n'aimes pas voir la misère. Je te confie les enfants!

Simon n'a pas protesté et s'est immédiatement assis. Ma mère a filé dans le couloir. Alors qu'Alexis étreignait Simon pour le réconforter, au loin, on a entendu Julie hurler.

— Boris, tes poissons!

Il y a eu un grand silence. Avec Alex, on s'est levés pour aller voir. Tout le monde regardait Boris qui tremblait. Julie le suppliait des yeux. Il a relevé la tête, fier comme un Russe.

— Je suis un Québécois solidaire!

C'est grâce à la faute de la nature!

Autour de la résidence pour personnes âgées, les rues étaient bloquées, uniquement éclairées par les feux des véhicules et les gyrophares. Deux autobus scolaires jaunes attendaient, moteur ronronnant. Des pompiers, des policiers, des ambulanciers, des bénévoles de la Croix-Rouge aidaient une à une, lentement, les personnes âgées à évacuer les lieux.

Dans chaque société, une hiérarchie s'organise. Qu'il s'autoproclame ou soit élu par ses condisciples, un chef est nécessaire à tout groupe dans l'action. Martin marchait devant, Alexis à sa droite. Dans le désordre suivaient Anne, Boris, Michel et Julie.

Légèrement en retrait se tenait le sergent-chef Couillard, responsable de l'évacuation. Sans hésiter, Martin s'est planté devant lui.

— Je suis de la famille! Qu'est-ce qu'on peut faire pour vous aider?

— Où ça, dans la famille?

Martin a parlé un peu moins fort.

— J'enseigne à l'école de police...

— Je vois... Ça fait longtemps que vous avez opéré sur le terrain?

— Cinq, six ans...

Le sergent-chef Couillard n'a pu retenir un petit regard méprisant. Dans sa tête, c'était clair. Dans la police, ceux qui sont capables le font, ceux qui ne sont plus capables l'enseignent. Martin, un moment déstabilisé, a regardé sa troupe qui commençait à douter. Dans le haut-parleur de l'auto-patrouille, une voix a crié.

— Chef? Chef? Vous êtes là, chef?... Chef... Vous êtes là?

Le sergent-chef Couillard s'est défait de la portière à laquelle il était adossé pour décrocher, exaspéré, le micro à l'intérieur de son auto.

— Ben oui, je suis là, où tu veux que je sois? Je t'écoute!

— On est dans la marde, chef, ça prend quinze minutes à en sortir un... Ils pleurent, ils s'accrochent aux barreaux du lit, ils veulent emporter des souvenirs, il nous faut du renfort...

— Débrouillez-vous, y en a plus de renfort, c'est le barda partout! Regarde un peu la situation dans son contexte global avant de te plaindre!

— Mais, chef, au rythme où on va, ça va prendre des jours!

— Laisse-moi analyser la situation... Je vais regarder ce que je peux faire...

— Merci, chef!

Le sergent-chef Couillard n'a pas regardé bien loin. Il a toisé Martin de haut en bas.

— Vous comptez faire comment avec vos plâtres?

— Je compte juste diriger l'intervention de mon équipe!

Le chef a jaugé l'équipe. Julie, Boris, Michel, Anne et Alexis se sont instinctivement mis au garde à vous. Le chef, ça l'a plutôt accablé.

— Maudit verglas! C'est vraiment parce que je suis dans la marde! OK… OK…Vous pouvez m'aider. Je veux juste vérifier une petite chose.

Le chef s'est approché de Martin.

— Soufflez!

Martin n'a pas soufflé vraiment fort, mais ça a été suffisant pour un nez aguerri. Dans la troupe, on a entendu des ricanements idiots. Ils s'amusaient à se souffler les uns sur les autres.

— Y en a pas un qui prend le volant… C'est clair?

— Affirmatif!

— Occupez-vous du cinquième étage…

Quand Martin s'est retourné, Anne a frissonné. Son regard n'était plus le même. Cela n'avait rien à voir avec l'alcool. C'était un regard qu'elle avait connu dans une autre vie. Elle le pensait perdu à tout jamais, mais là, il était revenu. Il n'avait pas disparu, il avait juste été éteint et ce verglas l'avait rallumé.

— Anne, Julie, Michel, Alexis, Boris, on agit avant tout, mais on réfléchit d'abord! Compris?

— Oui…

— Oui qui?

— Oui, Martin!

— Michel, Alexis et Boris, je vous charge du transport des personnes. Vous êtes le physique! Anne et Julie, vous vous occupez des effets personnels, du bien-être, du moral de ceux que nous évacuons. Vous êtes le psychique! Si nous avons des cas récalcitrants, vous vous en occupez, vous leur parlez pendant que les hommes amèneront aux autobus les sinistrés prêts pour l'évacuation. Je veux que toutes les cinq minutes une personne au minimum soit évacuée.

Nous agissons dans l'urgence, mais nous réfléchissons quand même. C'est clair?

— Oui, Martin!

— Suivez-moi!

Le sergent-chef Couillard a regardé la drôle de troupe entrer dans l'immeuble. Perplexe, il s'est frotté la casquette, puis il a repris son micro.

— Pour que ça prenne un quart d'heure à sortir une tête, vous vous y prenez comment, vous, là-haut? On ne vous l'a pas appris à l'école de police? Est-ce qu'il faut que je vous explique tout?

— Allez, encore une fois!

— Monsieur Archambault, y en a d'autres qu'attendent leur tour!

— Ça fait au moins quinze ans que je n'ai pas ri de même.

— OK, OK... Mais c'est la dernière fois. Un peu de solidarité, monsieur Archambault!

— Je te promets que je vais être solidaire après!

Alexis a fait tournoyer le fauteuil roulant sur la glace. L'octogénaire, hilare, a mis de longues secondes à se remettre de son fou rire. Mais entre elles, les personnes âgées ne sont pas forcément tendres et les promesses de solidarité peuvent vite s'oublier.

— Il ne faut pas le faire avec le vieux Tremblay. Il arrête pas d'embêter tout le monde à la cantine!

Quand monsieur Archambault a été monté dans l'autobus jaune déjà bien plein, il a été accueilli par une salve d'applaudissements. Puis il y a eu comme un petit débat.

— Je gage que les prochains à sortir, ce sont les jumeaux Gagné. Deux piastres à trois contre un! Qui prend?

— Je prends!

— Archambault! Arrête de gager, sinon tu ne vas rien pouvoir laisser à tes héritiers!

Un nouvel éclat de rire général a illuminé l'autobus. À travers les fenêtres, la trentaine de personnes âgées, sourire aux lèvres, attendaient les prochains à sortir. Au bout d'une minute, Julie et Anne sont apparues, avec chacune au bras un septuagénaire parfaitement identique à l'autre.

— Toujours avec les jolies filles, les jumeaux!

— Tu me dois deux piastres!

Dans l'autobus, on a encore applaudi à la montée des deux Gagné. Et ça a chanté.

— *Ils sont des nô-ô-tres, ils embarquent dans le bus comme les au... au... tres...*

Dans l'allégresse, personne n'avait remarqué Boris qui, soutenant une vieille dame avec délicatesse, l'accompagnait jusqu'à la porte de l'autobus. Elle s'est accrochée à son cou et l'a serré un long moment sous les yeux émus d'Anne et Julie.

— Vous viendrez nous visiter, Boris?

— On est voisins, je passerai avec ma blonde.

— Vous avez une blonde?

— Oui, pour la vie.

Julie est tombée dans les bras d'Anne. Alors que la vieille dame, soutenue par Boris, montait les marches de l'autobus, Martin est sorti de l'immeuble pour aller rejoindre le sergent-chef Couillard qui, affalé sur son auto-patrouille, venait de voir tout le cinquième vidé, alors que ses hommes n'avaient évacué que la moitié du second.

— Mission terminée!

— Je sais, je sais...

— Qu'est-ce qu'on fait maintenant?

— Vous feriez quoi à ma place?

— Je me demanderais de vider le quatrième.

— C'est ça… C'est ça… Videz le quatrième…

D'un claquement des doigts, Martin a rameuté les troupes. Alors qu'il s'apprêtait à partir au secours du quatrième, le sergent-chef s'est approché de lui afin que personne n'entende.

— Comment vous avez fait? On n'a pas fait une moitié d'étage, nous.

— Dédramatiser, expliquer, positiver, organiser! Et ensuite… Agir!

— Ah oui! ça me revient, c'était dans les cours, ça… Mais dites-moi, pour insuffler cet esprit de corps à votre équipe, vous faites comment, vous?

Martin a regardé son plâtre, enfin sa montre.

— Sergent-chef, je suis désolé, mais j'ai un étage à vider et je ne voudrais pas me coucher à pas d'heure. Si vous voulez, on pourra en parler une autre fois?

— Excusez-moi. Continuez ce que vous avez à faire. Je ne vous dérangerai plus…

Martin s'est retourné pour compter du doigt si sa troupe était au complet. À cet instant, Anne aurait voulu ne pas être qu'un numéro, ou alors n'être que «numéro une», la seule à suivre son homme dans cette nouvelle aventure.

— C'est toute une pièce d'homme, ton mari.

— Je ne comprends plus rien à ce qui m'arrive…

— Moi, c'est pareil, mais je prends tout à bras ouverts.

— Ça fait combien de temps que tu connais Boris?

— Trois jours, depuis que ce maudit verglas a commencé… Enfin, je dis maudit, mais si y en avait pas eu, je le connaîtrais pas. C'est ça qu'est fou. Au fond, c'est grâce à la faute de la nature!

Anne, interpellée, a longuement fixé Julie puis a levé les yeux pour regarder le ciel. Elle a baissé la tête pour observer le sol plein de glace. Elle s'est ensuite tournée vers Martin qui, droit comme un policier, repartait courageusement vers sa prochaine mission à la tête de son équipe d'intervention improvisée. Elle a emboîté le pas en passant son bras sous celui de Julie. Elle a posé la tête sur l'épaule de sa nouvelle amie.

— Tu as raison, ma belle Julie. C'est grâce à la faute de la nature!

Vendredi 9 janvier 1998

« La crise atteint son point culminant. En cinq jours, jusqu'à cent millimètres de verglas sont tombés dans le "triangle noir", entre Saint-Hyacinthe, Saint-Jean-sur-Richelieu et Granby. En Montérégie, les accumulations ont atteint près de quatre-vingts millimètres. Si Montréal n'a pas eu à faire face à des précipitations de cette ampleur, la situation est cependant critique en matinée puisque quatre des cinq lignes alimentant Montréal sont hors service. En ce "vendredi noir", une nouvelle fois, on frôle le black-out total sur la grande ville.

« Mais, comme par miracle, les pluies verglaçantes cessent en fin d'après-midi… »

Je n'ai pas remis de bûche dans le feu

C'EST TOUJOURS LE PIPI qui me réveille la nuit. Quand j'ai ouvert les yeux, j'ai eu beaucoup de mal à m'y retrouver. J'étais dans le salon, chez moi, alors que je m'étais endormi sur le divan de chez Simon et Michel. J'étais sur un matelas, celui de mes parents. Il y avait une lumière orange et ça crépitait, ça venait du foyer. On chuchotait. J'ai relevé les yeux. Mon père faisait sécher ses plâtres au-dessus des flammes, ma mère assise à ses côtés. J'ai refermé les yeux, mais pas les oreilles. On parlait enfin de moi.

— Il a posé de drôles de questions quand tu n'étais pas là.

— Lesquelles ?

— Comment on s'était rencontrés. Il me l'a demandé le jour où t'es parti. Tu parles d'un moment !

— T'en souviens-tu, de notre rencontre ?

— Je pense que oui…

— De toutes tes émotions, de ce qui t'a attiré ?

— Il y a trois jours, je ne m'en souvenais plus vraiment… J'avoue que tu m'as rafraîchi la mémoire tout à l'heure…

— J'ai beaucoup pensé à ça, au chalet… à ce qu'on oublie ou ne voit plus, à ce qu'on n'est peut-être plus… Je voulais identifier les petits riens qui nous avaient amenés à vivre ensemble, à nous aimer. Je me disais que si tout devait se terminer, je devais d'abord me souvenir de ce qui nous avait placés ensemble plutôt que de lister tout ce qui nous séparait aujourd'hui.

— Tu te rends compte que sans ce verglas tu ne penserais peut-être pas cela aujourd'hui...

— C'est la perte momentanée des habitudes... des mauvaises, celles qui t'obstruent la vue... qui te rendent passif... qui font qu'au bout d'un moment tu n'es plus le même. Tu essayes alors de te souvenir de qui tu étais... On peut dire que d'avoir froid, ça m'a rafraîchi la mémoire.

Les vertus de la congélation!

— Un soir, il a éclaté en sanglots, il me disait que c'était de sa faute.

— Que lui as-tu dit?

— Qu'il n'y était pour rien, bien sûr! Que c'était une affaire d'adultes.

— Je n'en suis même plus certain.

— Qu'est-ce que tu veux dire?

— On l'a mis devant un fait accompli, on ne lui a pas demandé son avis... Ça ne doit pas être facile pour un petit gars de onze ans.

Enfin, ils comprenaient! Mais mon père, qui avait été congelé plus longtemps, avait une longueur d'avance sur ma mère.

— C'est comme si on avait sauté sur la séparation tout de suite, parce que c'est le plus facile, c'est ce que tout le monde fait, sans vraiment se demander si on a tout essayé...

— C'est trop d'émotions pour moi... Il y a trois jours, j'ai cru que tu partirais avec le fauteuil du salon collé au cul parce que tu étais toujours dedans... Tu reviens avec deux bras dans le plâtre... Tu ne penses qu'à faire des blagues... Tu évacues cent personnes âgées... Le sergent-chef préfère que ce soit toi qui expliques les manœuvres de sauvetage aux journalistes... Puis là, tu me dis des choses que je ne t'imaginais même plus capable de pouvoir penser... J'ai besoin de dormir. Je dois réfléchir...

J'ai juste sorti ma main de dessous le drap. Il faisait froid. La situation s'améliorait, mais je n'ai pas demandé au ciel d'arrêter. Il fallait que le verglas termine son travail chez nous aussi. C'est égoïste, mais je dirais même, surtout chez nous. J'étais content pour Alex, mais je voulais aussi avoir ma part de bonheur. J'ai décidé de ne pas faire pipi. Je me suis retenu et j'ai pensé très fort à nous trois. J'ai dû m'endormir très vite.

À dix heures, c'est la lumière dans le couloir qui m'a réveillé. Il faisait quand même froid. Cela m'a inquiété que l'électricité soit revenue si vite. Pourquoi rebrancher mon bloc alors qu'ils étaient des millions sans électricité? Décidément, Hydro-Québec s'acharnait sur moi.

Mon père devait être très fatigué parce qu'il ronflait vraiment fort. Je me suis relevé lentement. J'ai attendu avant de le regarder. J'avais peur qu'il soit seul. J'ai respiré un grand coup et j'ai tourné les yeux. J'ai tout de suite regretté de ne pas avoir mon caméscope. Maman et papa étaient serrés l'un contre l'autre, à ne faire qu'un. Ils avaient froid.

Je n'ai pas remis de bûche dans le feu.

Qu'y a-t-il de plus beau que l'amour?

— Dix-neuf!

— Et de l'autre côté?

— Dix-neuf!

— Julie! Attends que le thermomètre se soit stabilisé!

Dans sa nuisette rouge, Julie a levé les yeux au plafond. Elle n'a pas pensé une seconde à contester. Elle a plongé le thermomètre à l'autre extrémité de l'aquarium. Face à elle, Boris sifflait, l'air léger, Brutus sur ses genoux. Elle en avait entendu des hommes siffler après l'amour, mais cette douce mélodie ne sonnait pas comme les autres. Au paroxysme de l'extase, Boris avait râlé.

— *Ya Lubie tebie…*

Les quatre fois, elle avait entendu ce même cri du cœur qui, même dans une autre langue, ne nécessitait pas de dictionnaire. Elle aussi avait râlé à l'instant où le sublime l'avait transpercée.

— Je t'aime! Je t'aime! Je t'aime!

Les deux chats, pour qui le divan était un territoire acquis et un tremplin idéal vers la route de l'aquarium, ont vite rebroussé chemin quand Brutus a donné au plus gros des deux un viril coup de griffe. Julie a souri. Depuis qu'il s'était attaché à Boris, Brutus avait pris beaucoup d'assurance et ne tolérait pas qu'un congénère approche de l'aquarium. Alors elle a pensé très fort à l'amour. Thermomètre dans l'eau, elle s'est souvenue des mots de sa mère qu'elle avait quittée si jeune. Il faut parfois laisser du temps au temps pour comprendre ce que voulaient nous enseigner nos parents.

— Tu verras, ma fille, lorsqu'on aime l'homme avec qui on fait l'amour, le plaisir est différent. Il en devient unique, car le cœur en décuple la puissance.

Julie a regardé son Boris sifflant qui venait de ressortir toutes ses feuilles de travaux. Sa mère avait raison ; cette nuit, elle avait ressenti ce qu'elle attendait finalement depuis si longtemps. Elle avait connu les amours à l'imparfait dans son passé, si simple. Elle le découvrait dans son présent, au plus-que-parfait, et elle croyait enfin en son futur.

— Boris, il est toujours à dix-neuf, le thermomètre !

Sur la table basse, il a posé les feuilles présentant les trajectoires de chacun de ses poissons. Enfin, les trajectoires d'avant, à trente-deux degrés.

— *Kochané ?* As-tu observé leur nouveau comportement ?

Malgré une intense volonté de comprendre les travaux de Boris, et même d'en partager la sueur, Julie, du haut de ses trois jours d'expérience en topologie, était encore bien novice.

— Avec le thermomètre, c'est pas facile…

— *Kochané*, regarde… Regarde bien…

— Je peux sortir le thermomètre de l'eau ?

— Oui, oui, bien sûr…

Julie a observé les poissons. Au-dessus de l'eau, le doigt de Boris dessinait la ficelle de « Numéro deux ». Avec le doigt de l'autre main, il suivait « Numéro quatre ». Julie a un peu triché. Elle s'est contentée de suivre le ballet des doigts de son homme.

— Ils ne suivent plus la même trajectoire…

— Exactement!

Boris, fataliste, a fixé Julie.

— C'était évident. Le froid modifie la trajectoire des poissons!

Julie était satisfaite de sa réponse. Qu'il était agréable d'échanger au matin avec son savant amant russe. Mais, même après l'amour, un mathématicien qui postule au plus glorieux des doctorats ne peut s'empêcher de vous faire sentir que vous êtes encore bien loin d'en savoir autant que lui.

— Regarde, *Kochané*, il y a une chose évidente que tu n'as pas vue…

Julie a été un peu déçue, surtout que Boris en a remis une couche.

— Regarde bien… C'est flagrant.

Boris ne pouvait comprendre que la topologie exprimée par l'hermétique langage de la mathématique pure n'avait rien d'évident, au petit matin, sauf pour lui. Mais Julie voulait tout partager. Elle s'est concentrée très fort pour chercher dans l'eau l'évidence. Soudain, elle l'a trouvée.

— Ils ont une nouvelle trajectoire!

Boris, en connaisseur, a opiné, fataliste.

— Eh oui… Je vais étudier leurs nouvelles trajectoires à dix-neuf degrés et je vais les comparer à celles à trente-deux, ça ne retardera que d'un an ou deux ma thèse… On verra bien ce que cela donnera… Dans mon malheur, j'ai la chance qu'ils ne soient pas morts.

Boris s'est levé et a soufflé son dépit de devoir encore remettre ses calculs sur la table. Mais Julie la chercheuse n'avait pas fini.

— On dirait qu'ils nagent plus proches l'un de l'autre!

Boris s'est vite rassis face à l'aquarium. Julie en avait encore à dire.

— C'est ça! Quand il fait froid, ils se rapprochent les uns des autres!

Boris a ouvert ses grands yeux bleus. Face à lui, Julie a pris un grand bol d'air. Ses yeux pétillaient.

— Et pis ils nagent deux par deux, comme s'ils étaient des couples. Ce n'est plus seuls, en évitant les autres, qu'ils tracent leurs chemins. C'est ensemble qu'ils le font… Pis c'est depuis qu'ils ont froid qu'ils sont comme ça… Maintenant, ils font des doubles nœuds!

Cette conclusion topologique de haut vol, Boris ne l'avait jamais envisagée. Il s'est penché vers l'aquarium pour vérifier de plus près la théorie de sa belle Julie. «Numéro deux», de sa nageoire droite, ne cessait de frôler les écailles arrière de «Numéro trois». Quant à «Numéro un», il est sorti de derrière la petite rocaille avec une sorte de sourire idiot, phénomène rarement observé chez le poisson exotique en captivité, suivi de «Numéro quatre», qui remettait de l'ordre dans sa nageoire arrière tout en sifflant des bulles.

— *Da… Da… Da…*

Boris Bogdanov a contemplé cette femme qui non seulement lui remplissait le cœur, mais venait également de conclure à une évidence mathématique fondamentale, facilement démontrable par un redoublant de première année, qui lui avait pourtant totalement échappé. Quand on aime, on ne fait qu'un. Émerveillé, il a fixé sa belle.

— Toi et moi, Julie, c'est un peu comme les fabuleuses découvertes de Pierre et Marie Curie?

Julie est remontée très loin dans le temps, mais elle n'a pas retrouvé.

— Je l'ai jamais vu, ce film, quand j'étais petite… Faudrait qu'on se le loue.

C'est pour cela que Boris aimait Julie. Elle était nature, honnête et logique. Puis elle avait un corps de déesse, une peau douce, une sensualité torride, des seins fermes, et elle embrassait divinement bien. Au petit matin, le chemin entre la réflexion mathématique extrême et l'envie soudaine, des plus bestiale, est beaucoup plus court qu'on peut le croire, surtout chez le chercheur qui vient de trouver.

— *Kochané*, viens dans la chambre !

*

— Salut les amoureux !

Alexis est entré sans frapper. Dans ses mains, il tenait un plateau. Dessus, deux assiettes avec omelette au bacon, deux verres de jus d'orange, quatre toasts et deux cafés serrés, bien chauds. Simon n'a pu retenir son émotion. Il s'est penché vers Michel qui dormait encore sur son épaule.

— Réveille-toi, mon chéri. Regarde ce qu'Alexis nous a préparé de bon…

Eux qui osaient à peine sortir ensemble quatre jours plus tôt, se faisaient servir au lit un copieux petit déjeuner continental par le voisin d'en face qu'ils ne connaissaient que depuis trois jours.

— Asseyez-vous, les amoureux, sinon ça va refroidir !

Alors qu'Alexis s'apprêtait à déposer le plateau sur le lit, Simon lui a saisi le bras.

— On voudrait te remercier, Alexis.

— Oh, c'est rien, juste deux petits œufs et du...

— Je ne parlais pas de cela, je parlais de ton regard sur nous.

— C'est un peu grâce à toi... Non, c'est complètement grâce à toi. Ça m'a fait du bien de te parler... Merci! Merci à vous deux.

— Ne nous remercie pas, nous t'avons aidé autant que vous nous avez aidés. Avant de te connaître, nous étions différents. Notre rencontre a provoqué de profonds changements qui feront que notre vie ne sera plus jamais la même... On t'invitera à notre mariage! Enfin, quand la loi le permettra...

— En tout cas, pour un couple pas marié, vous en avez fait du bruit, cette nuit...

— Alexis, on ne parle pas russe, nous, quand on fait l'amour.

— Boris?

— Oui, et il n'a pas arrêté de la nuit! Quatre fois! Je n'ai pas pu fermer l'œil.

Alex passait dans le couloir suivi de son inséparable Pipo.

— Je t'avais dit, papa, que c'était eux!

— Je vois que vous élargissez le champ de vos sujets de discussion... C'est très bien, c'est très constructif... Mais il y a peut-être d'autres thèmes que tu pourrais aborder avec ton fils...

— À cet âge-là, ils sont curieux, c'est normal! Pis je vais te dire, Simon, moi, Boris, je le comprends. Quand on a une moto belle de même, on a envie de la monter souvent!

Alexis n'a pu s'empêcher de faire un clin d'œil à ses deux amis.

— Pas vrai?

— C'est une façon de voir.

— Bon, là, je vous laisse manger, ça va être froid.

Alexis a pris son fils par l'épaule, dans un geste protecteur et chaleureux, comme seuls savent le faire les vrais pères.

— On va promener Pipo?

La porte de la chambre s'est doucement refermée. Simon et Michel se sont regardés, complices. Ils ont pris chacun leur toast pour la beurrer. Avant de la croquer, ils ont échangé un doux baiser. Ils ont tout de suite grimacé. Derrière la cloison, ça tapait dur.

— Oh non! Ils ne vont pas remettre ça?

Le rythme s'est soudain accéléré. Ça a frappé très fort dans les murs. Une fois les toasts froides, ce fut la délivrance.

— Aaaaaaaahhhhh! *Ya Lubie tebie!*

— Je t'aime… aaah! Je t'aime… aaah! Je t'aime… aaah!

Et le silence est revenu. Simon a croqué dans sa toast glacée. Il l'a mâchée délicatement. Sitôt la mie avalée, il s'est tourné vers Michel.

— Qu'y a-t-il de plus beau que l'amour?

Tout est bien qui finit bien

Bᴇᴀᴜᴄᴏᴜᴘ ᴅᴇ ɢᴇɴs aiment réfléchir sous la douche. Mon père et ma mère devaient réfléchir deux fois mieux puisqu'ils y étaient ensemble.

Quand ils s'étaient réveillés vers treize heures, ils ne pouvaient pas me voir, j'étais caché. J'avais peur, il refaisait chaud dans la maison. Toujours couchés sur le matelas, dans le salon, ils se sont démêlés avant de se regarder, gênés. Aucun des deux ne voulait parler le premier. Ils se fixaient, étonnés de se retrouver ainsi. Ma mère a dit la première chose qui lui passait par le nez.

— Ça sent le policier qui a travaillé fort toute la nuit!

Quand ils m'ont croisé dans le couloir, ils m'ont embrassé tous les deux avec beaucoup d'amour. Mais cette fois, ma mère ne m'a pas demandé d'aider mon père à se laver. Elle n'a peut-être pas eu le temps. Ils avaient l'air vraiment pressés. Je ne les aurais pas écoutés s'ils n'avaient pas parlé si fort. C'est pas vrai, j'aurais écouté.

— Ne bouge pas comme ça, je vais te l'enlever moi-même!

— Si je reste sur une jambe, je vais tomber.

— Accroche-toi à moi... J'ai dit «accroche-toi», j'ai pas dit «frotte-toi»!

— C'est à cause des plâtres.

— Lève l'autre jambe que j'enlève tes bobettes.

— Voilà, voilà… Elle est levée…

— Oh! mon cochon!

Je ne sais pas s'ils réfléchissaient beaucoup, mais ils faisaient de drôles de bruits.

— Ohhhh!

— Ahhhh!

Ma mère était maintenant d'accord pour tout.

— Oh oui! Oh oui! Oh oui!

Parfois, on comprend les choses, mais on ne veut pas l'admettre. Je savais ce que faisaient mon père et ma mère sous la douche. Même si cela me faisait plaisir, je ne veux pas en parler. Ils n'ont pas voulu en parler non plus en sortant de la salle de bain. Ils sont passés devant moi en sifflant. Le téléphone a sonné, j'ai décroché. Je ne voulais pas arrêter la musique.

— Sergent-chef Couillard à l'appareil. Pourrais-je parler à Martin? C'est urgent!

Quand on est arrivés, avec mon père et ma mère, à la résidence pour personnes âgées, les sinistrés d'un soir descendaient des autobus. Ils avaient l'air contents de rentrer chez eux. Dès qu'ils ont aperçu mon père, ils se sont tous mis autour de lui pour l'applaudir. Papa était devenu l'idole des vieux. J'étais collé à lui, j'ai entendu ce que le sergent-chef Couillard lui a dit.

— Ils refusaient de rentrer tant que tu n'étais pas là!

Des becs, mon père, il en a eu. Toutes les personnes âgées voulaient l'embrasser, le remercier, le toucher.

— Attention, Archambault, tu vas lui briser ses plâtres!

— Je vous ai pas déjà serré la main, vous?

— C'était mon jumeau.

— Les Gagné, on en laisse pour les autres !

— Je gage deux piastres qu'il habite à moins d'un bloc !

— Je prends !

Mon père a dû promettre qu'il reviendrait pour qu'ils acceptent enfin de réintégrer leurs chambres. J'étais fier de lui, tellement fier. Maman, je crois, l'était encore plus que moi. Je l'observais l'admirer. Elle riait, elle était heureuse. Le sergent-chef Couillard, je l'aimais bien. Je sentais que, lui aussi, il appréciait mon père.

— Je comprends pas ça que tu reprennes pas du service ! Un gars de ta trempe, c'est pas fait pour pourrir à l'école !

Ma mère a croisé ses doigts et fermé les yeux. Son vœu a été exaucé. Mon père n'a rien dit, mais dans ses yeux, on pouvait lire sa réponse. Maman s'est collée à lui. Il s'est tourné vers elle. Ils se sont longuement regardés. Ils se sont approchés l'un de l'autre, enfin surtout leurs bouches, tellement ils étaient déjà serrés. Ils se sont embrassés longtemps, très longtemps. Là, c'était vraiment comme dans un film. Même le sergent-chef Couillard a essuyé une larme tellement c'était beau. Je n'ai pas fermé les yeux, je ne voulais rien perdre de ce moment. J'ai attendu de bien voir devant mes yeux le mot «Fin», comme dans un film. Je l'ai enregistré dans ma tête, j'allais pouvoir me le repasser toute ma vie.

Dès qu'on est entrés dans le salon, papa s'est installé dans son fauteuil. Maman l'a tout de suite rejoint en s'asseyant sur l'accoudoir. Elle a passé la main sur son épaule, exactement comme avant. Je les observais, je ne disais rien. Ils m'amusaient, à s'interroger du regard pour savoir lequel des deux allait parler le premier. Je n'étais pas pressé. On n'est jamais à deux minutes près quand c'est pour toujours. Je savais ce qu'ils allaient me dire, mais cette fois, j'avais envie de l'entendre. À l'école, personne ne me l'avait jamais raconté. Je voulais le savourer.

— On a réfléchi...

— On a peut-être été un peu vite à prendre une décision...

— On s'est rendu compte qu'on s'aimait encore très fort et qu'on avait certainement plein de choses à vivre ensemble...

— Donc, on ne veut plus se séparer.

— Tout va redevenir comme avant.

— Pas comme avant... mieux encore!

Je les regardais attendre que je parle. J'ai hésité à leur dire que j'y étais peut-être pour quelque chose dans la «réflexion». Mais j'ai voulu leur laisser le dernier mot, c'était quand même mes parents. Ils se sont regardés comme s'ils venaient d'échapper au pire.

— On en doit une belle au ciel! Sans cette catastrophe... T'imagines, mon amour?

Dans ma chambre, je n'ai pas regretté de ne pas leur avoir raconté mon secret. À quoi bon? Dans mon lit, je me suis couché sur le dos. J'ai regardé le plafond. Il était blanc, mais blanc comme avant. On n'allait pas me partager, je ne serais pas le quatorzième de la classe à migrer chaque semaine et, au chalet, on y retournerait à trois.

Je me suis tourné vers la fenêtre, mais de mon lit je ne voyais pas le ciel. Je me suis levé, je devais lui dire en face. Je l'ai regardé, il était blanc. Il éclairait un sol encore couvert de glace. Je n'en revenais pas de ce qu'il avait fait pour moi. Je suis resté un bon moment avec lui. J'ai cherché comment lui dire au revoir. Je ne voulais pas me perdre dans mes mots. J'espère ne pas l'avoir déçu.

— Merci de m'avoir entendu.

Quand je suis revenu dans le salon, la télé était allumée; pourtant, mes parents n'étaient pas là. J'ai voulu aller l'éteindre, mais à ce moment, au canal des nouvelles, la carte de la météo s'est affichée. Même si le ciel ne m'avait jamais trahi, je voulais être certain qu'il m'avait bien entendu. Je n'ai pu me retenir de sourire. Décidément, le ciel ne faisait jamais les choses à moitié.

« Pour demain samedi, du soleil partout et un grand ciel bleu pour toute la région de Montréal. Les spécialistes de Météo Canada sont formels : il ne tombera plus de verglas, la tempête du siècle est bel et bien terminée. »

Clic! J'ai éteint la télévision et je suis allé retrouver mes parents. Ils étaient dans le petit bureau. Papa finissait de taper sa lettre pour démissionner de l'école de police. Maman, la tête au-dessus de son épaule, semblait déguster chaque mot qu'il alignait sur l'écran de l'ordinateur. Une fois la feuille imprimée, mon père l'a signée, puis il a plié la lettre qu'il a mise dans l'enveloppe, déjà timbrée, que lui tendait ma mère. Il s'est levé en me souriant.

— Tu viens avec nous la poster?

— Oh, oui!

On est tous allés dans le couloir pour s'habiller. Alors que ma mère l'aidait à enfiler son manteau, mon père m'a regardé avec un grand sourire complice.

— Franchement, je serais toi, j'en profiterais pour filmer notre rue. Des catastrophes de cette ampleur, tu n'es pas près d'en revoir dans ta vie... Moi, par exemple, je n'avais jamais vu ça!

— Papa a raison, c'est dommage de pas te servir du cadeau qu'il... enfin, que nous t'avons acheté à Noël.

— J'ai pas le goût...

Je ne sais pas si c'est d'avoir écrit sa lettre pour réintégrer la police active, mais j'ai eu la certitude que l'instinct du policier, il l'avait déjà retrouvé. Ça devait se lire sur ma face, que je mentais.

— Peux-tu me montrer ton caméscope?

Il ne fallait pas que je gâche la plus belle journée de ma vie. Je devais dire la vérité.

— Quoi? Dans le bureau de la directrice pédagogique? Je ne t'avais pas dit de ne pas l'emporter à l'école?

Mon père ne m'avait pas parlé méchamment. J'ai répondu avec mon cœur.

— On fait tous des erreurs...

Mes parents se sont regardés, ils se sont sentis idiots. Papa m'a tout de suite pris dans ses bras. Dans mes cheveux, j'ai senti une main. C'était facile de deviner que c'était celle de maman, il n'y avait pas de plâtre.

— Tu as raison... La vie te donne toujours une autre chance.

Dès le lundi matin, les écoles ont rouvert leurs portes. Comme d'habitude, Alex m'attendait au bas des escaliers de mon bloc. Il a tout de suite vu que j'étais inquiet. Il m'a regardé avec un petit sourire et m'a donné une petite tape amicale sur l'épaule. Sans un mot, il a ouvert son sac d'école et en a sorti une enveloppe qu'il m'a tendue.

— C'est quoi, ça?

— C'est Julie qui l'a écrit.

— Pourquoi elle a fait une lettre?

— Pour le caméscope...

— Tu lui as dit que je l'avais filmée?

— T'inquiète pas, elle est gentille... Pis maintenant, elle est en amour, donc elle est encore plus gentille.

— Elle dit quoi, dans sa lettre?

— Qu'on tournait un film sur l'histoire d'un petit chat perdu et qu'en filmant, on n'a pas vu qu'on voyait ses seins...

— Elle va jamais croire ça, la directrice pédagogique!

Ce n'est pas qu'elle n'a pas cru, c'est qu'elle s'en foutait. Elle était au téléphone quand on est entrés dans son bureau. Elle ne nous a même pas regardés. Elle est restée debout. Il y avait un énorme coussin sur son siège.

— Lui aussi, le coccyx! Incroyable, l'ambulance s'est arrêtée pour le ramasser en route. On a été montés en même temps à la radiologie. On est fêlés au même endroit! On était allongés chacun sur un brancard. Au premier regard, ça a été le coup de foudre!... Tu imagines la chance que j'ai eue en tombant sur le cul grâce à ce verglas! Dix ans que j'attendais l'amour!

Alex m'a regardé avec une sincère admiration pour l'ensemble de mon œuvre.

— Attends deux secondes, j'ai du monde dans le bureau... Vous êtes là pour quoi, vous, déjà?

— Pour mon caméscope, madame...

— Ah oui, ça me revient... Il ne faudra pas recommencer.

Elle a ouvert son tiroir. Elle n'avait vraiment pas envie de nous parler. Elle m'a tendu le caméscope, mais c'est Alex qu'elle a regardé. Même lui a été surpris qu'elle lui parle si gentiment.

— Ton père a laissé un message, il veut me rencontrer pour savoir comment ça va pour toi, l'école... C'est une bonne nouvelle, ça. Fais comme du monde et je n'aurai que de bonnes choses à lui dire.

Sur le chemin du retour, on n'a pas parlé. C'est comme s'il fallait que l'on digère. Alex avait un petit sourire qui ne le quittait plus. En silence, je crois qu'on faisait la même chose. On observait les passants en se demandant si quelque chose venait de changer dans leur vie.

Quand on s'est engagés dans notre rue, on a vu, au loin, Michel et Simon qui promenaient Pipo ensemble. On s'est assis sur les marches de l'entrée d'Alex. Puis, on a entendu quelqu'un siffler. On n'a pas été étonnés de voir Boris, tout dépeigné, sortir au bras de Julie. Elle s'est tournée vers nous. Alex a juste levé son pouce. Julie lui a lâché un clin d'œil. Ils ont disparu au coin du bloc. Je me suis levé.

— Je m'en vais chez nous, mes parents m'attendent.

— Moi aussi... Mon père a retrouvé le numéro de ma mère au Mexique. On l'appelle ce soir...

On s'est fixés un long moment. J'étais tellement heureux pour lui. Il s'est approché et m'a enlacé en me serrant très fort. J'ai fait pareil.

— Bonne chance, Alex.

Quand je suis rentré avec le caméscope à la maison, mon père et ma mère étaient dans le salon, télé éteinte, assis l'un à côté de l'autre sur le divan à trois mille dollars. Le bras de mon père était autour des épaules de ma mère. Dans un même mouvement, ils se sont tournés vers moi. Je ne sais même plus lequel a parlé.

— Tu vois? Tout est bien qui finit bien.

Neuf ans plus tard

— Roulade!

Pipo, lentement, s'est exécuté de son corps fatigué. Il a toujours été blanc, mais maintenant il a de nouveaux poils blancs. Il est vraiment très blanc, presque transparent. Je sais qu'il ne fera qu'un seul tour sur lui-même. Fidèle parmi les fidèles, jusqu'à son dernier jour, il fera son numéro pour me faire plaisir. Les chiens, c'est comme les grands champions, il ne faut pas s'y attacher, sinon, rendus en fin de carrière, ils nous rendent tristes.

— Claque des doigts! Fais-le ramper!

— Non, il est trop vieux maintenant…

— Je veux que tu le fasses ramper, j'ai dit!

À vingt ans, on a la vie devant soi. Mais la petite sœur, on l'a toujours derrière soi.

— Je veux que tu le fasses ramper, j'ai dit!

Si, à neuf ans, ma petite sœur a un sale caractère, c'est qu'elle est la petite dernière. Mais ça n'est pas la seule raison. Mes parents l'ont appelée Aqua. À l'état civil, l'agente administrative les avait prévenus qu'un prénom trop original, difficile à porter, pouvait parfois desservir l'enfant.

— Pour nous, c'est le moment où la vie a recommencé! Pis, on n'allait quand même pas l'appeler Sous-la-Douche?

La légende dit que beaucoup d'enfants ont été conçus durant la crise du verglas. Ils en ont même parlé dans le journal. Mais quand on se prénomme Aqua, ça rend la vie difficile. Je vous l'ai déjà dit, les enfants sont cruels entre eux.

— Aqua… ça sert? Aqua… bon?

Pipo a fait son pipi rituel sur ce petit arbre qui, sous la glace, avait plié en deux. Aujourd'hui, c'est un bel érable qui n'est pas encore le plus grand de la rue, mais qui se tient bien droit, la cime fièrement pointée vers le ciel.

— Je veux que tu le fasses ramper, je t'ai dit!

— Il est trop vieux… Simon et Michel ne veulent pas qu'on le fatigue.

— Y a qu'à pas leur dire. Ça sera notre secret!

Michel et Simon n'ont plus jamais acheté de Chivas Royal Salute, 21 ans d'âge. Ils ont même décidé de ne plus jamais en boire. Dans ce moment qu'ils croyaient unique ne se cachait que la volonté de ne pas exister.

Lorsque Simon était allé se confesser auprès du président de l'Association des psys du Québec, il tenait sa tête sur un plateau, pensant qu'à la trancher d'abord, cela lui ferait moins mal. Mais même lorsqu'on se croit condamné, les vérités de la vie sont toujours là pour nous rattraper.

— Simon, il n'y a rien là. Regarde-moi. J'ai plus un cheveu et un gros ventre! Tu crois que je l'ai connue où, Sonia? Vingt-trois ans de moins que moi! Tu m'as vu? T'as vu le pétard?

À Météo Canada, le dévoilement de l'homosexualité de Michel n'avait déclenché aucune tempête, plutôt un redoux. Maintenant, tout le monde savait. La révélation n'est pas qu'une lumière intérieure, c'est une lueur qui, en éclairant votre vraie face au monde, finira par changer ce que voit le monde.

— Pourquoi tu ne veux pas le faire ramper?

Étais-je comme ça quand j'étais enfant? Fallait-il qu'on me dise vingt-cinq fois la même chose sans que je ne comprenne rien?

J'ai tiré doucement sur la laisse de Pipo pour terminer le tour du bloc. À tout petits pas, il m'a suivi. Mon cellulaire a sonné. On m'appelait de la maison.

— Ici le sergent-chef papa! Les jumelles viennent d'arriver!

— Pipo, on rentre!

— Je veux que tu le fasses ramper!

— Ferme-la et cours!

Lorsque mon père et ma mère m'avaient annoncé, ce 9 janvier 1998, qu'ils ne se quittaient plus, je n'avais savouré ma joie que très peu de temps.

— Alexandrie! Alexandra!

Julien et les jumelles n'avaient plus d'électricité depuis trois jours. Ils habitaient en Montérégie, une région durement touchée par le verglas. Il fallait que mon bonheur retrouvé me donne son prix. Comme si le ciel m'envoyait sa facture.

Les sirènes du port d'Alexandrie
chantent encore la même mélodie... wow wow...

Les jumelles avaient couru partout, sauté sur tout ce qui pouvait vaguement rebondir. Elles entraient dans ma chambre sans frapper, voulaient à tout prix que je joue avec elles. Cet enfer avait duré trois semaines, avant qu'elles retournent enfin dans leur maison.

Mais la vertu du temps est de permettre aux plantes, même celles auxquelles vous étiez allergique, de pousser. Si elles deviennent belles et ouvrent de jolis pétales, on ne les regarde plus de la même façon. Aujourd'hui, Alexandrie et Alexandra font naufrager les papillons de ma jeunesse.

— Allez, mon cochon, dis-nous laquelle a les plus beaux seins?

Maintenant, je suis très à l'aise sur le sujet et je peux prétendre à une certaine expérience. On en parle souvent avec Alex. Tous les étés, depuis huit ans, on les passe au Mexique, dans sa petite maison blanche au doux nom de *La Pequeña Felicidad*, Le Petit Bonheur...

Lorsque nous nous étions quittés sur les marches de l'escalier, le jour où j'avais récupéré mon caméscope, il avait rejoint son père, qui l'attendait, téléphone sur les genoux. Alexis avait déplié un petit papier, usé par le temps, sur lequel était inscrit le numéro de Dolorès. Il avait longuement hésité, de peur qu'elle l'ait oublié. Mais une voix qu'on a aimée, mille ans après, on s'en souvient. Il a suffi qu'elle décroche.

— Allô.

— Dolorès! C'est moi, Alexis.

— *¿Me perdóna tu mi amor?*

En s'étant pardonné à lui-même, grâce à la thérapie sur glace de Simon, Alexis n'en voulait plus à personne, et encore moins à Dolorès. En enchaînant chantier sur chantier, en chantant l'amour et l'espoir sur les trottoirs du Vieux-Montréal, il avait pu acheter deux allers simples pour Cancún. Alexis et Alex s'étaient envolés pour le

Mexique au début du mois de juin 1998, quatre semaines avant la fin des classes. La directrice pédagogique ne s'était pas opposée à ce qu'Alex manque le dernier mois de cours, il était devenu un si bon élève. Mais ça lui avait brisé le moral, qu'elle avait pourtant au plus haut depuis ses fiançailles avec son blessé du coccyx. Elle avait même dû prévenir le directeur de l'école.

— Il faut annuler la fête prévue à la cantine après la finale de *Génies en herbe*. Sans Alex, l'école n'a plus aucune chance de gagner!

Le monde a besoin d'outsiders qui finissent par franchir la ligne d'arrivée en vainqueurs, sinon l'espoir ne serait qu'une course sans fin.

— Je veux que tu le fasses ramper, je t'ai dit!

Ma sœur aux trousses, j'ai monté quatre à quatre les marches vers mon appartement avec Pipo dans les bras, trop heureux de ne plus avoir à faire travailler ses quatre maigres pattes.

— Je vais dire à maman que tu as été méchant avec moi!

— Comme tu veux! Mais tu ne pourras pas jouer avec Olga sur mon ordinateur.

Olga est la meilleure amie d'Aqua. Ça n'est pas un hasard. Le ciel l'a certainement voulu. Elles sont nées le même jour, presque à la même heure, à l'hôpital Sainte-Justine. Olga ne se moque jamais du prénom de ma sœur. Une seule fois, alors qu'elles se chicanaient à propos d'une poupée russe, elle s'était essayée.

— Aqua… rium!

Si ma sœur lui avait vite pardonné, Boris l'avait très mal pris.

— Olga! On ne se moque pas du doctorat de papa!

Boris avait beaucoup changé depuis qu'il était docteur en mathématiques à l'Université McGill. Sommité de la topologie, il publiait régulièrement le résultat de ses travaux dans la revue *Nature*, la référence mondiale. Lorsqu'il avait reçu la médaille Fields, récompense suprême du mathématicien, il avait eu la conviction de rejoindre, dans la dynastie des grands chercheurs de l'ex-empire soviétique, ses héros d'enfance, gloires du régime communiste, dont il avait voulu suivre le chemin.

— *Da... Da... Da...*

À l'université, il travaillait dans un grand bureau dont l'accès était rigoureusement gardé par Julie, son assistante très personnelle. Seul Brutus avait le droit d'entrer et de s'asseoir sur les genoux du grand docteur. Julie, chemisier boutonné toujours au col, nourrissait une extrême méfiance à l'égard des collaboratrices, pourtant hautement diplômées, qui gravitaient dans le département de son Boris chéri.

— Mademoiselle, nous sommes dans une université prestigieuse. Je crois que votre tenue insulte son histoire et dérange ceux qui perpétuent la tradition d'y réfléchir en paix pour le bien de l'Humanité! En d'autres termes, au prochain décolleté, votre avenir, vous le découvrirez dans le cahier emploi de *La Presse*...

On était autour de la table quand Julie nous avait raconté cette anecdote. Ses amis, elle n'avait rien à leur cacher. Elle était toujours aussi naturelle, comme si, en revenant dans notre quartier, elle se retrouvait telle qu'elle était dix ans plus tôt. Aujourd'hui, elle est devenue une belle dame de Westmount, dans sa grande maison, avec un gazon importé de Londres, entretenu par un jardinier qui ne parle que l'anglais. Mais elle n'avait rien oublié, elle me le rappelait chaque année.

— Toi, t'as de la chance, y a prescription pour avoir filmé mes boules !

Seul Michel n'avait pas entendu. Il préférait jouer avec les enfants. Avec Simon, ils s'étaient mariés mais n'avaient jamais pu adopter. *Dura lex, sed lex.*

Aqua et Olga étaient les plus grandes, mais maintenant elles devaient partager les jouets avec Natacha et le petit dernier, Igor, aux pommettes aussi saillantes que son père.

— Maman elle dit que papa, il comptait beaucoup de buts en désavantage numérique !

Les enfants nous ont rejoints en hurlant lorsque ma mère est sortie de la cuisine avec une immense galette des Rois, faite maison, toujours la meilleure au monde. Ce qui était notre tradition familiale était maintenant le prétexte à nous retrouver tous, chaque année, au début du mois de janvier, pour fêter ensemble ce verglas qui nous avait réunis. On se racontait toujours les mêmes histoires, mais ça n'avait aucune importance. On ne se lassait jamais de les entendre.

— Et puis là, j'ai dit à Boris : ils nagent deux par deux, comme s'ils étaient des couples. Ce n'est plus seuls, en évitant les autres, qu'ils tracent leurs chemins. C'est ensemble qu'ils le font... Depuis qu'ils ont froid... Maintenant, ils font des doubles nœuds !

Mon père a eu la fève. Ma mère a, bien entendu, été sa reine. Elle a mis sa couronne, en veillant à ce qu'elle ne glisse pas. Tout le monde a applaudi dans un grand éclat de rire. Mes parents m'ont fixé un instant. Il a suffi d'un regard pour savoir qu'on se souvenait du même moment, de la même scène, lorsque, dans la cuisine, ils m'avaient annoncé le pire. Maman et papa se sont serrés l'un contre l'autre, m'ont souri, puis se sont embrassés.

Tout l'après-midi, je me suis délecté de cette tablée qui semblait tant s'aimer. On ne se voyait plus qu'une seule fois par an, mais on se savait liés pour toujours par un incroyable événement naturel, peut-être même surnaturel.

Le soir, dans ma chambre, après avoir chassé Aqua de mon ordinateur, j'ai attendu qu'elle cesse de hurler devant ma porte pour finir d'écrire mon histoire.

Plus on grandit et mieux on comprend les cheminements intérieurs de notre enfance, qui s'avèrent parfois être d'étranges voyages. On parvient à les analyser, à en définir les causes, les motifs ou les destinations. On réussit surtout, dans les souvenirs, à déterminer la part du vrai dans l'irréel. Mais moi, je ne chercherai jamais à comprendre comment j'avais pu imaginer avoir déclenché la crise du verglas. Je ne voulais pas que mes parents se séparent, c'est tout.

Je ne vous ai jamais dit mon prénom. En cette dernière page, cela n'a plus aucune importance. Je voulais simplement, en me souvenant de ce mois de janvier 1998, et de tout ce qu'il m'avait inspiré, que mon histoire puisse appartenir à tous les enfants qui voudraient se faire entendre.

Que la vie soit belle ainsi.

REMERCIEMENTS...

... À ceux qui durant toute la phase d'écriture ont pris le temps de lire et me faire part de leurs réflexions constructives.

... À Titus, et toute l'équipe du Bistrot Le République à Outremont, pour m'avoir réservé chaque matin la même table, la même chaise, la même tasse, le même sourire.

... À Pierre Billon, Patrick Leimgruber et André Gagnon, fervents de la première heure, sans qui rien ne serait jamais arrivé.

... Aux miens, parce que sans eux, tous ces mots n'auraient aucun sens et, surtout, aucune importance.

Table des matières

Jeudi 25 décembre 1997.. 11

    Que ça passe vite, Noël.. 13

Dimanche 4 janvier 1998...................................... 21

    C'est des enfants!... 23

    Le froid modifie la trajectoire des poissons... 29

    À ce moment-là, j'ai compris........................... 35

    Ils s'aiment.. 43

    Et j'ai prié pour qu'il m'aide 47

    Bébé... Je t'ai, toi, bébé…................................. 51

Lundi 5 janvier 1998 57

    Ça se peut pas, des affaires de même 59

    La nature humaine se révèle dans la merde.. 69

    Je n'ai rien trouvé de mieux à faire................ 73

    Dans la vie, c'est chacun pour soi 77

    Où le ciel voulait-il en venir?......................... 87

    C'est un miracle! 93

Mardi 6 janvier 1998 105

    Ça se peut pour vrai, des affaires de même?. 107

    C'est beau, un homme qui revient.................. 111

    Là, ils seront bien!... 119

    Arrête, tu me fais trop mal!............................. 129

Mercredi 7 janvier 1998.. 133

   Business is business.. 135
   Je n'étais plus rien.. 143
   Personne ne comprend tout 149
   Je n'ai pas voulu attendre........................... 153
   Il allait savoir... 157
   Tu peux m'arranger ça?................................ 163

Jeudi 8 janvier 1998.. 173

   La vie, des fois, c'est comme au cinéma........ 175
   Je suis un Québécois solidaire! 185
   C'est grâce à la faute de la nature! 195

Vendredi 9 janvier 1998 203

   Je n'ai pas remis de bûche dans le feu........... 205
   Qu'y a-t-il de plus beau que l'amour? 209
   Tout est bien qui finit bien............................ 217

Neuf ans plus tard 227

Achevé d'imprimer en septembre 2018
sur les presses de l'imprimerie Gauvin

ÉD. 01 / IMP. 03